漂在水面的树种

——献给我的同代人

◎ 田梦杰 著

国文出版社
·北京·

图书在版编目（CIP）数据

漂在水面的树种：献给我的同代人 / 田梦杰著．
北京：国文出版社，2024． -- ISBN 978-7-5125-1655-7

Ⅰ．I227

中国国家版本馆 CIP 数据核字第 2024229DF5 号

漂在水面的树种：献给我的同代人

作　　者	田梦杰
责任编辑	侯娟雅
出版策划	凌　翔
责任校对	陈一文
装帧设计	金雪斌
出版发行	国文出版社
经　　销	全国新华书店
印　　刷	北京鑫瑞兴印刷有限公司
开　　本	787 毫米 ×1092 毫米　　16 开
	15 印张　　　　　　　　　200 千字
版　　次	2025 年 1 月第 1 版
	2025 年 1 月第 1 次印刷
书　　号	ISBN 978-7-5125-1655-7
定　　价	69.80 元

国文出版社
北京市朝阳区东土城路乙 9 号　　邮编：100013
总编室：（010）64270995　　传真：（010）64270995
销售热线：（010）64271187
传真：（010）64271187-800
E-mail：icpc@95777.sina.net

目录

太阳负责白昼，向日葵接管悲伤 ………… 001

返潮的月亮 ………… 003

南窑 ………… 004

意识的飞跃与回归 ………… 005

爆炸一般开花 ………… 007

远行 ………… 008

进化与退化 ………… 009

另一条路 ………… 010

春天的笃定 ………… 011

自由是一种生命的盎然 ………… 012

麦香 ………… 013

荒漠的月牙泉 ………… 015

孤岛与海鸥 ………… 017

泥菩萨 ………… 018

白面槐花 ………… 019

蝉 ………… 021

自我 ………… 022

借钱 ………… 023

时代的尘埃 ………… 025

精神的故乡 ………… 026

诞生 ………… 027

庇佑 ………… 028

香火钱 ………… 030

红杉与黑石 ………… 032

归家 ………… 033

地平线以下 ………… 034

河谷 ………… 035

土房子 ………… 036

草莓,诗歌,病毒与阿莫西林 ………… 037

敌对 ………… 038

长尾焰火 ………… 040

西番莲 ………… 041

白沙尾 ………… 043

漫长的季节 ………… 045

月亮奔我而来 ………… 047

送给自己一颗子弹 ………… 048

鱼皮花生纸上 ………… 051

树影的墙 ………… 052

捡麦穗 ………… 053

注视太阳 ………… 055

生活的垂钓者 ………… 056

涎线 ………… 057

自溢 ············ 058

黑星 ············ 059

影子在盯我的书 ············ 060

幻觉 ············ 062

束手无策 ············ 063

诗歌的破铜烂铁 ············ 064

圆心的意志 ············ 065

屎壳郎 ············ 066

地壳的碰撞 ············ 067

木可知日月鸟 ············ 068

雨的鼓点 ············ 069

红色的瓜瓤 ············ 070

秋河北川 ············ 071

献祭——时间喂饱了谁 ············ 072

台风的芭蕾舞 ············ 073

夜河 ············ 074

火把节 ············ 075

古堰 ············ 076

初雨 ············ 077

黑色的蝴蝶 ············ 078

夏末 ············ 079

奇点 ············ 080

世界上的另一个我 ············ 081

隐去 ············ 083

野风吹雪 ············ 084

藻井与檐铃 ………… 085

刨木花 ………… 086

臣服于美 ………… 087

出海 ………… 088

秋河 ………… 089

云野 ………… 090

梦游 ………… 091

偷飞机的男人 ………… 092

冗余的光明 ………… 093

天国 ………… 094

穿越南回归线 ………… 096

亵渎 ………… 097

坠落的灵魂 ………… 098

秩序 ………… 099

又一个夏天 ………… 100

仰望 ………… 101

偷懒 ………… 102

未来已来,夏花盛开 ………… 103

献给我的同代人 ………… 104

诗人的狂热 ………… 105

宿命 ………… 106

他的梦 ………… 107

给父亲 ………… 108

求学志 ………… 109

篮球与蝴蝶 ………… 111

南方之夏,是一场婚礼 ………… 112

被陌生人偷走的秘密 ………… 113

病态 ………… 114

超越与僭越 ………… 115

成长 ………… 116

承诺 ………… 117

易拉罐的爱情 ………… 118

流逝 ………… 119

退化的鳍 ………… 120

荣誉是一块石头 ………… 122

弧形的世界 ………… 124

透明的身体 ………… 126

亲密 ………… 128

灯塔的承诺 ………… 129

跨意识的爱 ………… 130

草园 ………… 132

疼痛思想者 ………… 134

麻木思想者 ………… 136

惊鸿 ………… 137

浮出海面 ………… 138

死亡 ………… 140

娶你为妻 ………… 142

春天在赤道以南 ………… 144

收藏 ………… 146

副作用 ………… 147

像你 ………… 149

无题 ………… 151

吐火 ………… 152

遗书 ………… 154

海盐之行 ………… 156

战士 ………… 158

界限 ………… 160

晴朗的化身 ………… 161

漂在水面的树种 ………… 162

愚 ………… 163

生活之于我 ………… 164

鸡毛 ………… 167

花瓶 ………… 169

葵星 ………… 170

与春天私奔 ………… 171

清晨的啼鸣 ………… 172

秉昆 ………… 173

野草 ………… 175

野草的大笑 ………… 176

一只鸟儿的碑文 ………… 178

干涸的人类 ………… 179

落生 ………… 180

春·醒 ………… 182

田园最美的诗 ………… 183

花的艺术家 ………… 184

夏虫秋眠 ………… 185

艺术家 ………… 186

正确的答案 ………… 187

有思想的植物 ………… 188

秋日光里的田野 ………… 190

自深深处 ………… 192

风吹香散，我自潇洒 ………… 193

勇气 ………… 194

漫长的旅途 ………… 195

雨中飞驰的火车 ………… 196

雨海 ………… 197

吃苹果 ………… 199

夏 ………… 201

太阳与篝火 ………… 202

跛脚怪 ………… 204

青春的4号线 ………… 206

日落 ………… 208

月亮的猎人 ………… 209

1942 ………… 211

我们曾 ………… 212

最春天的葬身之所 ………… 213

大陆 ………… 214

不失眠的火堆 ………… 215

缺了角的乒乓球 ………… 217

惊蛰 ………… 219

在路上 ………… 220

一个车轮般的时代 ………… 222

墓志铭 ………… 224

救赎 ………… 225

一如既往 ………… 226

太阳负责白昼，向日葵接管悲伤

黎明的第一束光
踩上藤蔓的肩膀
翻过了那堵危墙
站在阴影的边缘，尽是张扬

风席卷起裸露的沙尘
直侵阳光透明的肉体
如果不能蒙蔽敌人的眼睛
那又如何将他引以为傲的灵魂弄脏

天空像被搅动的泥潭
忽然间变得浑浊不堪
漂浮的树叶已丧失斗志
任由悲哀裹挟，捶打脊梁

光线织起了捕猎的网
不小心在格子窗下露出形状
派出机敏的蜘蛛先行瞭望
再伺机绝杀所有抵抗者的疯狂

青褐色的瓦砾坠落下来

连同腹部的黑影粉身碎骨

紧接着,土黄色的墙开始摇晃

碎屑物摩擦的声音,便是冲锋的号角

轰的一声,危墙直直地倒下

震动了曾被冰冷蚕食的大地

尘埃慌乱地蹿起,被迫迎击

妄图与光明鱼死网破,同归于尽

但没有人可以阻挡光明的脚步

无视一颗拥有信仰的太阳

尘埃落定,黑暗必将瓦解

向日葵将会登场,接管所有黑色的悲伤

返潮的月亮

我独坐暗处,暴雨倾盆
如无数颗微型炮弹落在窗边
闪电的镁光灯照亮迸溅的碎片
将起伏不定的夜色夷为平地
风、雨、雷、电交相辉映
他们握手言和,相谈甚欢
在乏味已久的穹顶上交织纠缠
用一种爆裂的狂乱撼动当下的夜晚
我不敢作声地捕捉倏忽而灭的闪电
像是月亮背面的返潮
再一次映照太阳穿越时空的烈焰
月亮牵引我的头颅
大地擎托我的双脚
我的身体似海潮翻涌,生命蔚蓝

南窑

一片平地,让高处更高,低处更低
挖去大地的肺腑成为湖泊
流动的水与松散的土交融
给他一个清晰的边界禁锢
塑造成土坯再高温烧制
成型的成为红砖,破裂的回归母体
那炭火,白烟,吃力爬坡的柴油车
以及遍地寻找嗓子的我们
看着惊恐万分的火苗,哑然失色
我们的身体耐受太阳的烘烤
内心的沼泽干涸板结
如何照见天空忧郁的蓝
生命无力的悲伤
红色的窑洞囚禁了落日一般
张开血盆大口,吞噬黑夜、尘埃与繁星
年少无知的我们站在洞口
似远古第一次掌握火种的猿猴
由女娲手中的俗尘进入尘世
从未想过进化为平庸之辈

意识的飞跃与回归

白鸽在我恍惚的目光中留下残影
他轻松地驾驭着进化了亿万年的翅翼
翩飞在丛林的绿幕和空白的天空之间
缝合两者暂未吻合的边缘

成群结队的流星引渡来光明
枝蔓支撑的夜色抖落几层灰蒙蒙
紫莺花鼓舞着紧张兮兮的自己
宣告落日的终结和幻梦的上演

那像是飞鸽遗留的尾巴,目光向下
在万物分踞的大地寻觅栖身之处
无花果树枯朽危立,无法承载一片羽毛的重量
他曾盛产只有果实没有过程的偏方

庄稼地里的鹌鹑在春天野鸣
如一只误闯佛门重地的幽灵
他是人性本恶的恶,空无一物的空
模仿灵山脚下世人的忏悔与仰重

可是他日复一日地做着清晨的钟
或许早已在宁静中领悟前世今生
我过于喧嚣地寻求外界的庇护
为枯木献一朵玫瑰，为玫瑰献一只蝴蝶
为蝴蝶献一只蜂……一个紧挨着另一个
最后现身的，是我孤独的眼睛

爆炸一般开花

冬天的意志已经土崩瓦解
雪花被肢解在角角落落
随枯枝落叶腐朽成春泥
春天爆炸一般地开花，报复旧世界

花苞积蕴的冬眠之梦苏醒
迫不及待地催熟新鲜的生命
她娇嫩的花蕊一戳即破
却企图诞生发达的星系，似宇宙的中心

我发觉自己是从过去走来
却又未曾真正到达未来的时刻
一种广袤的宿命感笼罩着整个城市
却没有人愿意提出致命的异议
而我怕冷的寒冬终于沦为恐惧的洗礼
活着，清醒地活着成了一种
不需俗庸麻醉的英雄主义

远行

在一个普通的清晨
我闻到了春天的气息
身体似枯叶之蝶苏醒
一股舒展的清流淌过心脏的石头
绿玻璃将温和的曦光映射在墙上
我的眼睛变得如此清明，如孩童般纯净
自认为我是第一个捕捉春天的人
直到父亲放飞豢养多日的鹁鸪
他凝望天际的背影，曾是一整片天空
却也随着我身体的膨胀而慢慢缩小
如今我的目光，可以轻易地翻越他的肩膀
他只告诉我岁月青葱和苍老凋零
都忽如疾风，此间的过渡漫长又诡谲
时而海阔天空，时而波涛汹涌
当我再次带着母亲早上的嘱托远行
他目送我的眼神如此厚重又温情
我又回归到风驰电掣的生活
他们又捡起与之为伍的不响与平静
像一座孤岛灯塔的灯
在四面八方的海风里不疾不徐地等

进化与退化

太阳会炙烤每一个人的良心
就像质问每一个苍白的白昼
如何从心灵芜杂中寻得生机

我在无数个冰冷的黑夜
靠近金黄色的暖灯
企图将潮湿的心窝烜干
见不到太阳的阴天
对于忧郁的人来讲更加难熬
那些举着孤独盾牌的猎人
在这个热闹的世界捕捉共鸣
下雨的时候在盾牌下躲雨
常常迷失在众说纷纭的原始丛林
跳跃的，飞翔的，都远比他的双脚更具戏剧性

另一条路

我站在一堵墙面前，微笑
试图照出我藏匿在阴影里的脸
如今它已肉眼可见地模糊
想必颓唐如江河日下
或许非我所能挽留
但我还是想告诉我自己
少年，不要总是一脸阴霾
要做太阳最刺眼的一束
做岩浆最热烈的一股
在遥远世纪里，因勇敢而瞩目
尽管这时间早已快得来不及思考什么
大脑无时不刻无所不想，其实又空空如也
我们害怕失序
所以创造了时间的概念
我们渴望归宿
所以创造了神话与传说
用世上的怪招异术对抗孤独
其实也又何必过问
一个人如何被另一个人束缚
一条路又如何走出另一条路

春天的笃定

海风还离得很远
海鸥已经在盘旋
像一场轻描淡写的舞蹈
随着海浪轻拍岸边晚霞的序曲
我同时想起儿时夏夜母亲手掌的
抚慰,和你似水缠绵的温婉可人
竟都藏着一种岁月的善良
让我一次次面对世界的慌乱和质疑
不至于觉得孤立无援
此时已经是农历二月,风还凌冽
可是我很多次从你身上,敏锐地
闻到一股叶子发芽变绿的气息
这种错觉或许由来已久
可我是如此笃定
春天来了,却不可将你代替

自由是一种生命的盎然

一只灰色的鸽子，误入
错综复杂的长廊
在玻璃窗前向往天空
用尽全力，却徒劳无功

我俘虏了它的惊慌失措
它被束缚在我的阴影里
我木然地站在阳光下，凝望
虽然我释放不了我自己
我选择放飞了它

没有人不渴望自由吧
一如从未有人丧失饥饿的感觉
只是生活偶尔令人难以下咽
便需要外力支撑虚弱的挣扎

我们再次走进无边的夜色
黑暗中的我们都没有说话

麦香

鹧鸪鸟在桑树上嘀咕着什么
我窝在碾场边的被窝里
探着头偷听它们的秘密

父亲戴着土灰色的草帽
将一卷油布扎在左肩上
嘴里叼着一颗正在燃着的烟
里面的丝是母亲在小河边采来的薄荷叶
原本是用来给他治牙疼泡茶用的

我揉着惺忪的眼
看着大人向田野走去
再慢吞吞地挪到水井边
喝了一口带着清晨味道的凉水
肚子突然咕噜起来
我踮着脚推开灶台上的锅盖
没有寻到充饥的食物,便开始快快不乐
拿着火柴棍坐在门前,戏弄成群结队的蚂蚁

夜幕正浓时

父母如以往一样,背着一身月光回来了
他们一脸平静,细声地告诉我
爷爷去世了
而当时的我还小
小到,还不懂悲伤

只记得,爷爷走了
在那个丰收的季节
麦香,飘满了整个村庄
他随玉米种子一同被播种在大地
父亲说,盈秋的时候他还会回来
回来的时候正好天亮

荒漠的月牙泉

时光似流沙
我的脚印深陷其中
替另一个我在地壳背面走路
我穿越空旷的沙丘
方知这戈壁并非空空如也
丹霞或许是朔漠的花开
而岩壁上的雕塑是对时光的凝固
每一粒沙都是细碎的星星
在广袤的大地汇聚成银河浩瀚
我与几只骆驼相遇，还有旅人
骆驼只顾沉静地走路，载着
驼峰里的江河湖泊，还有托举的夕阳
无数的游客在它们背上，目睹了其中一种远方
风的岁岁不休搬来寂寞的狂沙
我望着沙丘的锋线分割出半明半暗
再吃力地攀上那背面的阴影
惊觉它竟柔顺得如母亲的织锦
覆盖了我所有诚实的荒凉
我沿着延伸的锋线行走
我用长夜的一滴泪诞生月牙泉，献给光

我的影子只需要心安地融在阴影里
像一条发源于我脚底的河流
不声不响地流淌

孤岛与海鸥

海鸥随着海水的泛涌时高时低
近岸时掠过水面扬起碎波
轻巧地顺着海崖的轮廓攀升
尔后翻飞着任由重力摆布
仿佛要孤注一掷地砸向大海的罗网
但他只是开了一个死亡的玩笑
他迎着风的呼啸,对视着滚滚波涛
在与他真正交手之前
又胜利一般鸣叫着
轻盈地贴着海面滑翔,飞往深蓝
我站在岸上,遥望那些方寸大小的孤岛
他们从何处漂来,又要向何处游去
像岸上的我们寻找着远方与归宿
我们并不属于这里,却依然来到此地
生命或许就是这么一种仪式
关于奔赴,关于暂驻
像是一场格外热烈却又无人问津的独舞

泥菩萨

临过年
母亲说要去后村的神庙上香
说是庙,其实只有一角
泥菩萨,小小的一尊
却是他们心中的无量慈悲
年少时,我笑他们愚昧
这世上哪有什么神神鬼鬼
尽管在一个月明星稀的晚上
那个白发的姑娘把我吓得几近晕厥
可我怎能任由恐惧掌控
我坚信诸多神佛,我无一所求
母亲命我点燃白蜡
她麦秸般的手握着麦色的香火
嘴里重复着风调雨顺一类的祈祷词
薄薄的夜色里飘起几缕微渺青烟
那红色的星星点点便是她数不尽的心愿
可也正是母亲跪拜时的虔诚
让神明至少在那一瞬赢得我的尊敬
我的心灵那般震颤着,凝望她青烟般的发丝
她风尘仆仆地奔走在岁月如河
领着我们兄弟姊妹,作现世的修行

白面槐花

北方冷,应是仲春或者暮春
槐花小小一粒,绽放村前屋后
像飞天猴蹿上枝头炸开一般
为略显寂寥的村子添了数丛密集的星星
等夜晚再次降临,他们重又回到了天上
儿时嘴馋,母亲便想方设法给我们做美食
槐花虽不比梨花楚楚动人
但在母亲手中却是珍稀的食材
在一个凉晨捉来满枝熟睡的星星
深井汲清水一瓢,白面衬槐花
一粒粒散乱在蒸屉上
在热气腾腾中,清香四溢开来
仿若仍带有甘露淡淡的甜
母亲捣几颗蒜,再拌上自家芝麻磨的香油
洒在蒸好的槐花上,筷子一搅可值万钱
我们孩子几个早已在厨房围着等着
若不是母亲常打我们贪吃的手
刚出锅便能把他吃个精光
只是"星星"灼热得烫嘴
多年后,名贵的食材琳琅满目

可我并没有什么品尝的心思
故乡和母亲，或许早已奠定了我高贵的品味
那时一穷二白，我一直天真地以为
春天是这个世界对穷人最大的善意
槐花就是他最为慷慨的馈赠

蝉

在一个沉闷无风的午后
我无所事事地躺在床上
听着蝉鸣,如何一遍遍撕裂天空
又撕开我百无聊赖的身体
让我得以容纳夏日的空旷
他那么均匀地嘶鸣
不厌其烦,用声音测量声音的距离
像环环相扣的一座座青山,绵延不已
没有人知道他为何如此热烈与赤诚
可如若起风了,那一定是盛夏对他的回应
阳光下波光粼粼的树叶,将会震颤着
对这个来自黑暗的歌颂者报以掌声
他的喉咙是一块粗粝的磨石
打磨着蜕变前生锈了七年的羽翼
抖落下一身灵魂的尘埃
或许,他不能独占盛夏
但他至少拥有,一片森林的致敬

自我

太阳在我的身体里东升西落
失明的眼睛象征海洋与湖泊
我石头般的骨骼如终被风化
就演变成了灵魂的土壤和懦弱的生活

借钱

父亲在高高的建筑铁架上攀援
建造着他理想中的楼房
他手中每一块砖的水平都分毫不差
可那时无论理想或楼房,都不属于他

我目睹了他的坠落
我是说,他的一生
像一只退化羽翼的飞鸟
只能砸向落地的宿命
——一堆棱角分明的砖头

那是一个傍晚,夕阳落下地平线
由我告知母亲这个不幸的悲剧
此后,便是母亲寂静的长夜
而我是一只忽明忽暗的萤虫
还不足以照亮她,寻路的眼睛

母亲拉着我的小手
走进大山般的重重暮色
她说要连夜去借钱

为了父亲的三根肋骨

她还告诉我
黄土路上的月光
就是遍地的银子
可惜不能入药
多年以后,我深知那是良药
可以医我久治不愈的乡愁

时代的尘埃

傍晚时分
夜色覆盖村庄的疲倦
父母踩着厚重的暮色回到家
土房子里一片狼藉
房顶的灰瓦片瓦不剩
抬头看,横梁上仿佛架着透明的屋顶
父亲盯着墙上惨白的计生大字报
他点起了薄荷叶卷成的香烟
那本是母亲让他泡茶用的
祸不单行,当天夜里下了一些雨
屋顶土坯松动坠落下来
砸在了双胞胎哥哥头上
他们其中一人,死于非命
而我也分不清他们中是谁活了下来

精神的故乡

以前觉得远方远比故乡更具诱惑
想去见外面的世界,见芸芸众生
局囿于方寸之间如画地为牢
漫山遍野的野花才是生命的归宿
可多年后,我倦于寻觅生活的真相
终于肯回头见父母时,方阅尽天地
我像是逃荒的难民,孤注一掷地逃离
又注定倾其一生寻找果腹的共鸣
或许儿时的日月星辰早已不复存在
可父母应永远是那沉重的船锚
让我在漂泊的海视死如归

诞生

高潮是爱的炽热奇点
爆炸后便是子宫的无限膨胀
精子如璀璨的流星群般
涌落在时空的悬崖
它孕育着我们，似宇宙孕育着地球
我们顺着阴道的虫洞
从另一个时空穿越而来
成为了她的孩子
作为唯一的生命体诞生
究竟是一种逃逸的幸存，还是
一种阴差阳错
这人世间，像新的迷宫一样
我找不到重生的出口

庇佑

路边的野草,我常常叫不出名字
他们覆盖在两道隐约的车辙之上
最偏僻的北林地,藏着我们家三亩旱田
父亲说,四周坟冢里埋葬的人
和野草一样无名,无声无息地
住在无人问津的地方

麦子收割之后,那方田略显落寞
父亲顺着麦茬的趟子,后退着往前走
他每用槐木把儿的铁锹刨出一个小坳
我就往里面丢入两颗玉米种子
此时太阳刚从地平线破土而出
父亲额头坠落的汗水
便是那小小生命的第一次水源

孩子,你细皮嫩肉,以后
你拎不起锄头,也拿不起砖头
想要活着,只能靠笔头
我似懂非懂,他脖子里的毛巾早已浸透
他低着头脚踩铁锹的影子,似青山叩首

一群飞鸟划过天空,落霞被编织成
母亲织锦机上流动的绸布

太阳是来自远古的意志
永远恩泽着他的大地
父母并非神明,却是我们
轮回人间,长夜不灭的庇佑

香火钱

一大清早，母亲喊醒了我
问我能不能陪她去庙里一趟
她攥起竹篮的纸钱站在门口
仿佛早已做好了决定
我问她，今天不是初一十五
何苦要走二十里路求神拜佛
她没有解释，只是嘱咐我安心在家
我不忍她的小脚走那么远路
便睡眼蒙眬地去推父亲的二八大杠
一路上，我与母亲不言一语
我们飘拂的影子被风吹动
随阳光洒在碾得光滑的麦秸杆上
那些田间小路竟然像流水一般波光粼粼
在一个拐弯处，车子不慎滑倒
我们摔了一个跟跄
母亲站起时竟一脸歉意地笑着
她说，这路还是不能太平坦
我一辈子不会骑车，只能靠双腿
我们绕过几片田野和村庄
终于到了那个略显破败的庙

母亲挪开拜垫跪在地上
她闭上眼时,仿若次第花开
我凝望着佛祖脚下的烛火摇曳
那豆大的光明临照在母亲眉眼间
她轻似微尘般站起,为他上香
问我要不要留些香火钱
我掏出二十和五十的纸币
自作聪明地告诉她,神佛都是骗人的
所以只给那个看庙的神婆留了二十元
回去时,母亲的神情似焰火熄灭后的烛芯
恍惚着,又凝固着,像被戳破了什么
直至今日,我心仍旧忏悔不已

红杉与黑石

石头不语,听风穿越森林
他们在半空欢舞
抖擞一身红色的睡意
彼此给彼此洗礼
天空不做声响地风云际会
涌动的叶海做他边远的潮汐
星宇斑斓,总是装饰夏天的梦
偶做一场碰撞破碎的狂欢
那些早已降落人间的黑石
如树根一样盘根错节
部分已化为粗粝的土壤
借红杉的高傲与勇敢
致敬,不灭的银河

归家

雪花如盐粒一般落下
一年的纷纷扰扰就此终结
天地间涌动的尘埃，终于落定
漂浮的枯叶都凝结出岁月的厚重安然
在沿海闯荡多年的姐姐宣告回家那刻
过年这件事突然变得具象起来
父亲站在空旷大街的路边
像是为迷途的孩子指引回家方向的路标
每当过往的车辆驶过
他会把手电筒朝远方照耀
慢慢地，他肩上的雪堆叠似隆冬
竟压低了他年轻时挺拔的身躯
我看着他的沉默和夜色混为一体
只有我踩雪的声音驱赶着寒冷
当姐姐终于从一个拥挤的大巴下来
父亲恰好照亮了她脚下的路
他问，从深圳回来的路怎么那么长
她没有回答，只是轻声喊了一声"爸"

地平线以下

辽阔的渡河之上
长长的货轮缓缓穿过
仿若上游漂浮来的横木
要将最后的夕阳收入囊中，载去远方

斜晖游荡在水波之中的光影
似一张金黄色的网
幻灭为大鱼光滑的脊背
在逐渐清冷的夜色里隐没

我像是意犹未尽的捕手一般
沿着河堤从低处奔跑向更低处
试图永远站在那束落日里
直至我的影子也随它落入地平线以下
黑夜，终于没收了我的眼睛

河谷

干涸了,连同绿色的田野,
东地之上的河流现出他的淤底
饥渴的大地浮现无数裂痕
明镜破碎般,将天空龟裂瓜分,
一整个夏天,野草疯长
挤占了每一个深浅不一,黑色的裂缝
还河流以生机,以莺飞蝶舞,
那垂挂的藤蔓似水草,被风驾驭
缠绕米米蒿、青稞和野菊,
而陡峭的河岸,梧桐树的阴影里
约会的他们竟也,藏匿了一整个别样的夏天
起风的时候,他们相拥的身体,
同河谷泛涌的植物,一起震荡
待秋雨从上游滚滚而来,席卷一切,
渴望与爱便又无影无踪
那条横贯故乡的河流啊
他只是(我血脉)众多分支的一支
我又怎能替他命名

土房子

天色阴沉之后
煤油灯会亮
我们坐在土房子里
把它围在中央
我变得杞人忧天,流水
会不会在墙壁上留下沟壑
母亲说,屋顶上不会汇注成河
我守着屋檐的雨滴,忽急忽慢
泛涌起大大小小的漩涡
像无数倒着生长的蘑菇
等到故乡的庭院积雨渐深
雷电的光闪过时
似野草间摆尾的鱼鳞
父亲披着绿色的雨衣回来
偏执地说,等来年春天攒够了砖头
就要建一座坚硬的房子
那时我根本不懂
风雨可能会把墙壁削薄
却将他的手掌一层层磨厚

草莓，诗歌，病毒与阿莫西林

草莓，诗歌，病毒与阿莫西林
他们同时出现在我眼前时
世界竟然尚存完好

在漫长寂静的黑夜里
我的躯体被流动的岩浆加热沸腾
试图浇筑灵魂的形状
剧烈的疼痛像地壳的瓦解碰撞
分化成大陆和海洋

我只愿，我的思想
凝固成南北极的坚冰
永不被世俗的全球变暖消融
如果冻土层中的古老病毒被释放
诗歌与爱，或许才是我的灵魂
最稀缺的青霉素，与故乡

敌对

我目睹我的赤裸
如脱离母亲子宫的婴儿
在凌晨的寂夜或者辉煌的黄昏
寻求真谛与真理，无遮无拦
我乌云密布的双眸
常常泪眼婆娑，常常等待
一场未曾到来的暴风雨
让我在无人处追问
弱者的悲悯是否更加慈悲
时间并非我的挚爱，亦或死敌
我给他一个存在的定义
他便用秩序囚禁了我，轻而易举
古老的炮台锈迹斑斑
流弹重伤的是历史本身
我收藏的陈旧诗集
也不是为了阅读
而是为了安眠
我叛逆式地批驳世界，包括自我
似吐丝作茧，似画地为牢
似太阳从内燃烧，剥落多余的重量

我愈加明显地发觉

没有一个不甘沉沦的灵魂

不在找寻一个永恒的敌人

那个敌人，也是他最为渴求的知己

长尾焰火

我再次回到故土

如沉默的麦子越冬

我行走在寒水之滨的夜晚

看北方的村子亮起红灯笼

一行人站在车顶

冰蓝色的天空之下

注视着空旷的孤独

他们举着一簇簇烟火

射向,略显悲伤的夜幕

那些炸开的火药颗粒

仿若星宿的瞬间崩塌

绚烂的,缤纷的,长尾焰火

似河谷飘荡起,燃烧的芦苇和荻花

像我一直以来幻想,不期而遇的流星

可是冬季的杨树林空无一物

风只留下,苍老牧笛般的呜咽

(村子老了,房子空了,父母盛年不重来,那麦子怎么还是黑青黑青的。)

西番莲

在广袤的绿色森林
无数的植物籽因缘际会
拥有一片大地不足为奇
占据一片天空才更难得
他们都从最底层扎根
没有飞鸟天生的翅膀
想要获得阳光的眷顾
必须勇敢地走向天空
西番莲在阴暗的土壤中萌芽
可他的野心远在最高的树冠之上
如果不能更加接近天空
他将被其他茎叶笼罩覆盖
最终被黑暗潮湿蚕食腐朽
一旦败下阵来，必死无疑
他可以毫不避讳地承认
他是时间的赛跑者
是阳光的追逐者
是天空的觊觎者
他要用自己的匍匐攀爬
在不熟悉的空中飞檐走壁

随蚰蜒蝶的围攻不断进化
用他自己的身体，架起
他生命每一步的阶梯
以此可以在天空屹立不倒
在天空，飞舞飘扬
在最高处向周遭宣告，除我之外
此处，已无处栖身

白沙尾

废弃的港口泊着空船
我们置身海风之间
看着街对面不显眼的地方
开着一家晓风书店
我猜,这片狭小的水域是海的边缘
后来陆地切开了他们的血缘
而我们脚下的大地,原本也不是陆地
你笑而不语,要带我去看不远的海
于是,我们两个外乡人
在一个被大海包围的岛上,寻找海洋
海面广袤得像我们生长的北方平原
虽然我们的双脚不是原始的鱼鳍
但是那些卷积的波浪胜似野草的狂舞
总让我想起一片绿意盎然的田野
还有广玉兰香弥漫的盛夏
不知何时,我们习惯在远方寻找归宿
开始了一段孤独的流放之路
可我们并非悲怆地向前,也不是时间的俘虏
只是偶尔会彷徨地伫立高处,思索夜幕
你打断我蔚蓝色的思绪

问我是否知道这片沙滩的名字
我毫不客气地把他命名为白沙尾
天上人间,皆是我似曾相识的事物
你肆意地笑着,面庞似一束灿烂的光舞

漫长的季节

我的目光游离在那一片鸟群
他们绕着烟囱循环飞翔
白烟上旋,仿若冰河融化的漩涡
他们在其中捕捉不到果腹的鱼
亦或是某种远古遗失的图腾
他们渴望在温暖的气流之上,漂浮徜徉
托举着他们,无数渺小的身体,与宿命
可是,他不是一把巨型的火炬
他不能成为光明的代替
大楼凋落之后,只剩残废的钢铁之躯支撑
落日云蒸霞蔚的意志,几只寒鸦的巢窝,
任何一个诗人远行至此都不合时宜
废弃的车轨早已失去昔日的光泽
陌生人刻下的名字也锈迹斑斑,无法辨认
他热衷于在一个故人逃离的远方
寻找另一个熟悉的自己
可当他站在那片绿色的苞米地前
听到火车的汽笛声掠过他的身体
他震颤地看到,车轨的方向未曾改变
可惜他没有通向未来

而满载而去的火车,再也没有载来第二年的春天
他滞留在那个漫长的季节
也终于沉沦于,寂寂无声的梦

烧一把火吧
黢黑的夜将如煤炭一般熊熊燃烧
将地下的归还地下,将光明的赐予光明
烧一把火吧,就烧一把火
点燃那火车膛炉熄灭的火
让他的蒸汽最后一次喷薄而出
尽管他早已在历史的尽头,停站

月亮奔我而来

谷风和着青松的歌
树摇曳着温柔夜色

流动的薄雾
似波浪般摇摆
涤荡寡言的峰峦
随迟日沉没又徘徊

在岁月里落寞
在落寞里等待
一定要月亮奔我而来
就像云儿奔赴山海
像你望向我时
勇敢的姿态

送给自己一颗子弹

雷雨交加的子夜
繁星也已出走
只有蛙鸣缠绕着
大地之上的漩涡

跪倒在神墓之前
祈求一个活着的意义
霹雳降临在寂暗之处
像沉默爆发后的呐喊

看不见赤子冰心
望不尽橡树叶落
而一代人的历史
也不过银河的角落

万物生长的规则
妻妾成群的道德
用最执着的目光架桥
也跨越不了心的黄河

叹人生海海多落寞
一帘幽梦又如何
待尘埃落定之时
对的又怎不是错

脚在残雪里趟过
步子如风似火
离开山上的小屋
去往平凡的世界过活

每一片大海都有野心的光泽
而黑暗森林是不是只有邪恶
孤独的蜗牛背着被窝
穿过丛林去寻鲸鱼的骨骼

一路颠沛流离
当是一种生活的受戒
而记忆中的雨巷
目送过我的背影,满是不舍

逐渐将乡愁遗忘
可忘不了喜欢过的姑娘
想起她,在粗糙的草房子里
在晴日之下,钟鼓楼上

遗憾扎满的稻草人
被神经兮兮的麻雀围了起来
笑它一动不动
从来不敢再回首来处

我没能笑着走向未来
也终将失去最美的清欢
而七里香一般的幻想
都只是虚无缥缈的梦乡

如果做不了盖世英雄
走不到撒哈拉沙漠
我会送给自己
一颗子弹，不会迟疑片刻

鱼皮花生纸上

夜晚已经深了
空气突然有些闷
雨，此时此刻在慢慢变沉
一个人，如何为另一个人
押注，所有热忱
登机后，喧腾逐渐安静
所有人都在等待起飞爬升
阅读灯
她路过时为我打开
只有眼前的，光明
舱室内黯淡下来
我瞥见脚边的影子
凝望着我的眼睛
我想起天使头顶的光环
是不灭的银河
还是宇宙的复兴
双子座流星在远方陨落
如果我也就此沉坠
我又如何度过了
我的一生

树影的墙

树与光影的屏障,像一堵拂动的光阴的墙
在京杭大运河旁,悄悄地生,慢慢地长
写满了浪漫的诗歌,温良与疏朗

夜晚的水面,总有诱人的斑斓
已数不清,梦的数量
货轮满载而过
被弯曲的,不只树的静影,还有灵魂的徜徉

轰轰轰的机器声响,似巨兽在眼前游荡
钢铁前的脆弱,多经不起命运的碰撞
可最给人以勇气的,也最是若有若无的希望

彩色的倒影,如火的锋芒
风波中,未曾熄灭,任清风摇落几片过往
裹挟进岁月沉浮或人海茫茫
黑色的地平线隔开的,不是永恒,便是遗忘

捡麦穗

一茬一茬的麦子
被吞进了收割机的肚子
粉碎的桔梗一排排
躺在苍老的大地上
在炙热的阳光下
仿佛无数条金色的龙
正在，等待起飞

农民慌张地跟在后面
怕误收了邻边的田野
一群孩子站在不远处
躲在待收田野的后面
手里拉着能装下夏天的布袋
目光盯着田地的主人
随时准备，清扫丰收的战场

当孩子们冲向前去
巨龙会被他们打得溃败
鳞片散落一地

在混乱的成熟气息里
他们将会捡起一颗颗
饱满的麦穗

注视太阳

如何注视一颗太阳
就像仰望夜晚的星光
火烧云越过飞机的脊背
迷惑了,我凝望的舷窗
漫天的玫瑰花瓣
似梦非梦,轻盈的熨烫

一只滑翔在日照金山的飞鸟
要将白雪的羽毛浸染
红碳滚热的身体,烈焰的锋芒

生活的垂钓者

我们分不清,是海湾公路的车轮驶过
还是海浪互相追逐的声音
我们在阴影下,退潮后湿漉漉的沙滩上
留下两行关于寻找的脚印

在一个寻常日,我们只是落单的螃蟹
或者珊瑚和贝壳凝结的岛屿
那些怪异的石头,在明暗之间磨砺游动
黑色的孔隙是沉默的呼吸

如我们一般
在巨大的海洋,沉浮不定的扁舟之上
并不熟练地做着一个,生活的垂钓者

涎线

初醒的太阳
不是半熟的鸡蛋黄
在那迢迢极远之地
是否还在孕育着新的生命

风干的水墨画
寒水朦胧的故乡
最平凡的原野
葱郁与苍老多少风与梦

钢铁列车在大地周旋
划出如蜗牛涎线的轨道
一如,今我与故我
两股绝对平行的线

自溢

一碗口井
去年还深不见水
如今枯井竟已溢出如镜
枫叶垂怜影,繁枝又纵横
天空的静,水中的空
仿佛历史、宇宙皆藏身于此
凝视这水的深邃,界限分明
可物我不可两分
在清冷的另一个尽头
应是岩浆一般的真谛
如想俘获大地的勇敢
黑暗定是必经之路
我就像这碗井
穿过沙土的、砾石的人间
见识了软弱和坚硬
方与真我重逢

黑星

青丝的暮晓,白色的纸烟
露水像河一样,铺在寒冬之地

黑色的星星,与白昼同在
在孤独的夜晚,似花火般飞翔远行
一如,每次我回到家,外面都是大雨滂沱

影子在盯我的书

夜深人未静
影子在盯我的书

那些红玫瑰枯萎了
蜜蜂还纠缠不休
在花瓣上嗡嗡不停
也许窗外大雨
他们只是误闯了进来
临时起意想窃取别人的爱情

早上，天晴了
我打开窗子把他们赶走
亏我在大雨滂沱时收留他们
可窗台惊现一只鸟雀
它静静地躺着
不知死了多久

下面是一片树林
我把它从高楼丢下

这是最后一次
在人世的飞翔
来生,你要飞往你的山

幻觉

像一只躲在黑暗里的眼睛
像一轮沉坠在树梢的太阳
像我对这个世界的凝视

清冷的叶子簇拥长夜的火
斑斓的梦境会在黎明销声匿迹
将有更盛大的光明到来
把晚夜的清醒取而代之

此夜,我看不见月亮
中秋的那般,清冷又高傲
如我,常常热烈又寂寞
偶尔却只爱清净的黑幕

枝丫试图囚禁那团光辉
以作为自己长明的心脏
可它的骨骼恰恰肢解了灵魂
最后的光

我贪婪地揭示,银河泛滥的秘密
明灭早已不可辨

束手无策

我喜欢凝望窗外的雨
像一只没有进化完全的鱼
当夜幕在雨雾中漂浮又沉坠
这座干裂的城市会愈合所有缝隙

我把荔枝的种子泡在瓶子里
就当收藏了他们红色的遗体
如果他们没有长出新的植物
便会勇敢地腐朽如烂泥

蝉鸣就要由热烈归为静寂
还是没能与可以告别的人相遇
这四季的轮回使我们都束手无策
就像我终会爱上你，情非得已

诗歌的破铜烂铁

我幻想自己的句子妙笔生花
但又常常被认为呕哑嘲哳
像是古世纪的破铜烂铁
在对抗赛博朋克里的钢铁铠甲
一如我愈加迟钝的爱情
在五花八门的世界却不进化

圆心的意志

圆,何以圆
完美的弧形轮廓
只是他的表面
所有的支撑
全然只在于,那一点

屎壳郎

它推着粪球上山
去看江河湖泊
就像我写诗
在黑暗里采云朵

它如普罗米修斯
寻找自己的火
在世俗的偏见里
为肮脏的事业
献出自我

地壳的碰撞

人类注定行走远方
而树注定要落地生根
庇荫一片大地
是他们的信仰

他们停驻在河谷、山岗
巡视着风的姿态，雨的波浪
在循环往复的四季里
无人知晓他们会不会忧伤
是重复还是新生，是隐忍还是死亡

我们生来本就使命不同
布道诗歌、种子或梦想
没有完全相同的方向
只有在可能相逢的路上

我们终会相逢
像地壳一样碰撞
诞生悲剧、希望和大洋
寂寞的火山在海底喷发
无数蓝鲸在山巅飞翔

木可知日月鸟

木可知日月鸟
花亦恋风和月
青山未尽，年月日盛
始终少年，白衣清风

我把西湖比云镜
迟暮晓色，皆拥怀中
霞光焰燃天一角
旧林惊蛰始藏虹

雨的鼓点

窗外雨的鼓点越来越密，每一颗都好像重重地砸在了我的心灵之上。

仿佛我命运的脚步愈来愈近，谎言和真知都紧锣密鼓地冲我赶来。我不敢照单全收，却又倍感无招架之力。

也许就是当下，生命的十字路口，那未知的遥远的路途，非要我做出一个最为心甘情愿的选择。

我对生命的真谛时常困惑，害怕被世俗的潮流蛊惑，却又经常躲不开欲望的诱惑。

我可能很难结束，这种注定将要颠沛流离的生活，就像多年以前他曾经告诉我，孤独是一种骄傲。

红色的瓜瓤

我们走向白昼最后的夕阳
仿佛走完了人生最后热烈的时光
我默默地想
下一次太阳离地球最远的时候
我还要在你身旁
一起去看时间的陨落
分享夏日晚星的清凉
再切开一个冷水西瓜
恰逢月光如霜
比黑夜还黑的西瓜籽
如星辰般若隐若现
我也想不出
我对你的爱究竟是什么样
或许就像那沙沙的，红色的瓜瓤

秋河北川

夜色狂澜,秋河北川。
悠日长梦,黄沙漫卷。
我像一个手里拿着夜明珠的盲人,
在漫漫长夜里寻找同途的旅伴。

献祭——时间喂饱了谁

黎明是夜晚的早餐

黄昏是清晨的晚餐

大地献祭出我们，妄想永生

作为时间的贡品

我们从庸庸白日

走向，寂暗之处

睡眠便是一种过量的昏迷

而白昼只是一种麻醉药的幻觉

我们虚伪，谄媚，或轻浮

以此交换喧嚣与共鸣

其实，无一不是在极其安静地

等待着，死亡的垂临

台风的芭蕾舞

暴雨簌簌而落,蝉鸣却不止
我心想,其他人都噤声了
他还在叫什么呢
再多执念,也留不住整个夏天
再多怀旧,也抵不住岁月的滂沱

台风到来的时候,我不反抗
一如我沉溺在无数梦的混沌
随命运漩涡,舞出一种美感
足以震撼大地的,一种自我毁灭式的芭蕾

夜河

寂寞的货轮顺着河道前行
路过小区、车站和商业中心
夜色遍布船头到船尾
驾驶室成了它唯一的眼睛

集装箱里装满落日、粮食与安稳
由他们负责连接慰问孤立的码头
偶尔带来陌生水草的种子
让从未谋面的朋友得以相见

火把节

把苦艾的火把举过头顶
趟过干枯如日的芦苇丛
从黑暗处去向更黑暗处
寻掌握时间和光明的神

青烟是无限朦胧的夜色
烈焰成了缓慢游动的星
闪烁在古铜色的面孔上
苍老得原始得如此生灵

无数星群散落在宇宙悬崖
孤独的人类仍在走出山洞
我们用火淬炼着凡体肉胎
借此靠近亿万分之一神明

最年长者化成一道风的门
通向图腾和火种,死与生
灵魂爆裂开来寂然无声
剥落的厚重的鳞片
如月亮的碎屑
在夜河中翻涌

古堰

古堰里碧水如画
可我已不愿摄取新词

我坐在一棵数世纪的树下
不知是岁月哺乳了它
还是它支撑了一段脆弱的历史
只听得古老的种子簌簌而落

尘埃微渺如迷雾般缭绕
野潭取其三分影影绰绰
肉眼不可见的因
却诞出肉眼可见的果

本不该有人替它命名
这原野荒滩本就无欲无形
如今人影，匆匆如风
残夏秋波缠绵在池中

初雨

我遇见你
犹如新伞逢初雨
砰砰作响的灵魂的共鸣
也只有驻足伞下的人
才听得最清

黑色的蝴蝶

黑色的蝴蝶
游弋在白色的世界
像刚刚拯救出双翅大小
寂暗的忧郁的夜

在空中划过的如墨的痕
如流星轨迹般谄媚光明
热焰燃烧解体的残骸
当是生命的风
磨砺翅膀的余韵

夏末

夏日灼烧过的红枫
我捡起焦枯两朵
仿佛岁月早已斑驳
却又试图将热烈包裹

在晚霞清凉中飘落
穿一身轻薄夜色
在我的案前静静屹立
像一小朵凝固的花火

那应该是他最为盛大的告别
关于这场生命的夏末

奇点

我的瞳孔涣散
无法聚焦于一点
光明开始泛白
被黑暗瓦解与稀释

规矩的人生解构成
形状不一的脑切片
任岁月的斑驳打磨
擦出无数火花和烈焰

我的躯体一生都在摆渡灵魂
现在却在氯水味的大海打旋
原来生通往死的最后一程
注定无法支取之前积攒的清欢

疼痛终会消失殆尽
世界突然由重变轻
思维的突触缩回
再如蜗牛一般慢慢塌陷
最后被风干,只剩脆弱的躯壳
而它也曾装过一座翠微的青山

世界上的另一个我

翻飞的摩托
没有轮子的汽车
消失在路上的骑手

天空忧郁蓝的马头琴
带着遥远气息的呼麦
骏马背上如风的女人

俄罗斯老兵
荣誉锈绿的勋章
治愈战争的伏特加

流浪的小猫
被蚯蚓诱惑的鱼
夜深时浮出黑色的水面

玩世不恭的音乐家
聚光灯下旋转的舞女
如金坚般，疯狂的相爱

纹着流浪狗的少年
涉世未深的大学生
凝视着雕像背面的迷思

打破透明的玻璃
去寻找最真实的天空
还有世界上的另一个我
是否，已为时过晚

隐去

地铁,像父亲的水泥搅拌机
尤其是在潮湿的雨天
脏鞋子的水,哈出的雾气,满车厢的沉默
混杂拥挤

人和人之间缠绕如麻团
却永远都不能彼此融合
每到一站,吐出一群慌乱
沙子是沙子,石砾是石砾

茅台酒,蝎子肉,北极冷鱼
双子塔,霓虹灯,寂寞神秘的巷子
城市蹩脚的诗意
无法取悦梦的旖旎

所以
我总是行色匆匆地,隐去
在没有故事的地方,冰冷地喘息

野风吹雪

银杏金色的身子
红枫似火的嫁衣
在我的窗子里摇曳骀荡
他们结婚,好似天生一对

听闻故乡初雪,纷纷扬扬
赤裸的杨树悠悠地啼鸣
一如当年恍惚的低语

我想,他们只要爱过,便是白头
可我再也无法回去
我的回忆在野风中斑驳
已无法让我,追寻旧梦

藻井与檐铃

如何荒唐地度日
又能，毫不自知
把生活过得繁复
任尔时间无声地，流失

你尖锐的吵叫，哑然
你爆裂的挣扎，哑然
你寂寞的狂欢，哑然
遍地都是失声的人
在到处寻找自己的嗓子

那些欲望的藻井，悬浮着
寺庙的檐铃，似神明低吟，沉坠其中
真理，蛊惑庸人，却偏爱凡俗

刨木花

多年以前，我写诗
热衷文字像风筝一般
在白色的天空划出优雅
关于自由、坦荡与纯粹
人群、课间或夜路
我发呆时，思维却动如脱兔
巨大的岁月会绕过我
多年以后，我写诗
如木匠刨木花
纤薄可比蝉翼
却时常磨蹭不忍落笔
墨线一旦弹出痕迹
桌子便成了具体的形状

臣服于美

我的文字
不比瓦工的手掌厚重
也不比木匠的刀锋精巧
却不止一次地拯救，千千万万个我

我为月亮堆砌灯塔
把凡物的归宿强加给它
笨拙地将美囚禁在
太过简陋的笔画

我怀揣着一束玫瑰花
走向列车飞驰的地下
像一只大口径的火枪
迎着人群的目光，鸦雀无声

出海

腐朽的树开出黑色花
愚钝的灵魂却无药可救
它光秃秃的荒芜败给虚空
就连平庸的孩子也未能诞生

狂浪席卷着空船
企图于空空如也中再度攫取
已潮湿的幽暗的气氛
而捕鱼的网,仍未收获半点腥味

尾桨划破月白的肚子
平静恢复时便会愈合
胜利者身上挂满鱼鳔
那是脆弱的心赖以生存的鳞甲

躲在人群之外
并非铸造伟大的良方
可是孤独的欲望
早已撕破我与世界的脸面
告诫我,沉沦地复活
趁着夜晚,一个人出海

秋河

仿佛抓不住每一天
便错失掉所有的日子
可月光来过我的眼底
如一条霜降的秋河

一段段时光倏忽而逝
只是记忆恍惚之间
又变成了空无的存在

我若没有英雄的意义傍身
自此永是生命的沉沦
如鱼，被寒水围困

云野

远山的云翻滚着
聚集着一团团光
席卷了我的去处

风衣随原野飘拂
我的身体空空如也
除却爱与自由

路边的两棵树
并不比天空高傲
也不比岁月漫长

正是我目光所在
风,最不羁的姿态
以及所有不再折返的脚步

云野,终会是我的来路
而那两个风一样的男子
一个叫明天,一个叫孤独

梦游

寂寞的幽深的梦
恍惚之中选中了我
身体薄如浮舟,无所羁绊
如波纹一般悠悠地荡
漫长的时光被拖延
随生命的顽石沉底
也不再吝啬多些浪费
直至秘密流失
欺骗的,至爱的,走漏了风声
像闷热的深夜被暴雨击醒
我本该睡意深沉
奈何灵魂汹涌
如果可以解剖每一颗雨滴
借此弄清它其中的隐喻
便知躲躲闪闪的黑星
一瞬间陨落,哀伤与光荣
极致的欲望塑造了人
人又因诸多不可得而神圣
他是无眠的雨幕
是这场要醒的梦

偷飞机的男人

聚光灯下风干的红苹果
坍陷成一颗渺小的种子

青春有多么令人艳羡
命运都会赠与它同等的苦涩

苍老,却不腐朽
温柔,但不懦弱

而偷了飞机的男人
压根儿没想过降落

葬在天空的理查德
像是一道流星在黄昏划过

冗余的光明

早醒的清晨，不喜欢人造的光源，屋子灰蒙蒙的，头顶如宇宙初始混沌一片。

我等着曙光驭马而来，跨越寂寞的光年，又一次在窗子外徘徊等待，犹豫着要不要打扰我的静寂安然。

终于，窗子外光明已经冗余，我只是打开帘子的一角，他们便争抢着要送来一个清白的世界。其实我并不需要多余的光明，够我看清眼下流淌的时间就好，毕竟谁能真正指望肉体以外的光源生存呢。多余的光明会泛白，糊成一片，像是晃动不再聚焦的镜头，和两眼摸黑并无两样。

天国

炮火中的平民
遇难的马拉松选手
溺水的孩子
以及沉睡的伟人
夏日里乌压压的冰雹
敲响了大地肃穆的钟鼓

无数个平常岁月
像失去了风的树林
覆盖在惆怅之上
阴影里布满了忧郁
即使明知世事无常
却也不曾习以为常

悲剧，再现那刻
时代总被撼动
每一次世界的崩塌
都是时光激起的巨浪
我们难以逃躲
清醒是唯一的选择

遥望满天星辰
皆是所爱之人
不是你之所思
便是我之所亲
人间相逢，却难同终
所以世间那么多悲伤的心

小满时节
却没有丰收的喜悦
热浪在田野上空翻滚
飞鸟喧闹，麦穗欢腾
我看着一片片寂静的人群
推开了云端天国的门

穿越南回归线

我想陪你飞越南回归线
无所谓葬身荒漠和大海
但你更想要孤独的旅程
因为于你而言,孤独是一种自在

唯愿不要迷恋赤道的气旋
不要学海鸥戏于波涛澎湃
如果有一天你留在了南方的陌土
红豆的种子一定会覆盖所有热带

影子是树向落日鞠躬的姿态
沉默是我对你最后的告白
明日的黄昏会遗忘你清澈的双眸
但我此生,送你离开,也等你归来

亵渎

当我不小心露出左腕的伤疤
周围投来的异样目光，如蝎子毒辣
仿佛我亵渎了他们的勇敢
所以才要承受众人的鞭挞
于是，我将袖子撸得高高
像是炫耀起左臂的烟花
那是一枚忧郁的勋章
藏着生命炙热的密码
他们假装视而不见
面孔阴沉，背后藏着惊诧
我审视着他们的慌乱
就当是对他们此刻善良的惩罚

如果黑夜亵渎了梦的甜美
那么泪的温热便是对星光的回礼
如果大海亵渎了船的孤傲
那么甲板的倔强便是对浪花的致敬
如果命运亵渎了灵魂的高贵
我便会对生存者报以掌声
向无知者做良知的宣战

坠落的灵魂

被子里掩藏了多少泪光
晚风吹散了多少悲伤
我勇敢地站在人生岸边
望着星光熙攘人海茫茫

月色如菊飘落在窗台之上
记忆如纱网不住昨日时光
我欲抓住世间悲怆荒唐
为生命找一个出口或方向

娶一片天空
或嫁一片海洋
如若没有了爱
便没有信仰

黑暗中一同坠落的灵魂
会保留彼此的光
狠狠划破沉寂的夜幕
点醒迷惘

秩序

一个人的生活一旦失去秩序
便意味着他将失去一切
他的肉体将无处安放
他的灵魂将颠沛流离
他的心将如战争泥潭一样
开始深陷混乱、黑暗与危机
久而久之
变得千疮百孔、破败不堪
所有的美德、教养与勇气都被摧残为废墟
直至沦为人间炼狱
因为
这个世界上没有任何炮弹敌得过
失序的威力

又一个夏天

你住在遥远的东海岸
不知是否眺望过西川
不是每一座山都代表我
但每一片海都有你的咸

我决定不再追寻遗憾
冰原从不会热爱火焰
如若白天鹅误解了黑夜
它便配不上月光的皎洁

风吹散了田野的记忆
天空又被夏天的绿荫霸占
单车的年龄锈迹斑斑
飞鸟在烈日里追逐着蝉

去年我用枫叶写的信
已经被埋藏在去年
今年还会长出
炽热的思念
我会静静挨着
又一整个夏天

仰望

见识过繁华的人
难以回到贫穷的故乡
骨子里的情怀容易被时光吹散
被自卑孕育出阴郁的惆怅
每当回首来路曲折
内心总是会涌出英雄主义的悲伤
一路的倔强
却不是一路的芬芳与风光
山高路远
背负的是目光与迷惘
仿佛只有任现实的子弹穿过身体
才会看到透明的眼泪与梦想
那千疮百孔
被风吹过的时候
生命的绝唱也已奏响
下山的僧
要么穿越了世俗王者归来
要么被滚滚红尘而埋葬
而野心
不就是谷底的人最努力的仰望

偷懒

我用现实的眼光审视自己
发觉生活充满了谎言
可那些欺骗却又是心甘情愿
幸福被口口相传
我摇摇晃晃走到山前
望着满眼的灿烂与路的蜿蜒
头顶是峰巅的风
眼下是腿肚子的酸
我没有圣人的虔诚
也没有亡命之徒的贪婪
是一处森林深处的废弃木屋
是一只港湾角落搁浅的船
等待着下一只鸟
等待着下一场潮涌的蔚蓝
我宣称，我爱偷懒
你说，我爱自在
我折了一枝庙前的菩提
不是为了栽
而是为了给你戴
因为我怕明年的春光
没有你在

未来已来，夏花盛开

来不及再问
未来已来，夏花盛开
我曾经站在
父亲那座高耸的瞭望塔上
凝望黑夜与星辰
无边的沉默，寂寞的灵魂
后来踏上孤独的沙丘
背对故乡，追赶命运
在山海里长途跋涉，黎明又黄昏
习惯把惆怅的心事积攒成梦
沉淀在眼底，一场场成眠
我与清醒遥隔千里
幸与勇敢化为一身
所有在冒险里疯长的青春
犹如明镜的湖泊，彩色的云

献给我的同代人

我们即将成为时代的主力军
接手一个光辉却又落后的世界
不要忌惮对于现实严酷的审视
后代的年轻人同样会如此评价我们

改革与颠覆才是使命
躺在既有的功劳簿上会成罪人
如若用知足蒙蔽双眼
社会的进步便无人来推动

要蔑视一切盖着遮羞布的不公
勇于批判旧有思想的贫穷
赤裸的双脚蹚过满是鲜血的荆棘丛
大地会铭记所有经过之人的牺牲

我们
是未来的英雄
也是未来的群众
用鞠躬尽瘁的背影
为他们，开辟新的背景

诗人的狂热

诗歌,是万里晴空
飘浮的一片幽暗的云
在平常中突兀
在突兀中却不失格
它体悟山的辽远
醉心水的寂寞
是青青子衿
也是古老村落
总惹得诗人,痴迷于理想
而常常忘了作现实的功课
总是悔于不够清醒
将大把的时光消磨
消磨成,平平仄仄
又深知不可
不可将诗人的狂热摆脱
否则,便是谋杀了浪漫的我

宿命

前两天有雨
连带着最近的晴天也潮乎乎的
所以窗台的向日葵总是快快不乐

你说今天的月亮像烧饼一样圆
脸上还一副贪吃的傻样
我静静地凝望你眼里的月光
总是含情脉脉又柔情似水

你告诉我
更南的南方有一种愚蠢的飞蛾
身子沾了水就会死去
但它们却又偏偏爱在下雨天出巢

我猜想
这样的人也大概存在
明知自己的宿命所在
却还会勇敢地冲进命运的滂沱大雨

如果真的在劫难逃
那就义无反顾地迎上前去

他的梦

在阳气萌生的时节
去晨曦篮球场打一场飒爽的球
远远胜过写出一首万古流芳的诗
四周的杨树散发着嫩绿的希望
仿佛所有生命都正在被慢慢治愈
抬头仰望的一刹那
所有防御的外壳土崩瓦解
我的灵魂一瞬间变得疏松
和煦的阳光被种进了每一个裂缝
再披着每一阵清凉的微风
突破、急停与跳投
进球的那一刻
少年也触到了他的梦

给父亲

你立在进站口望着我
将手中的软呢帽在头顶上空挥了挥
当是我们之间最后的告别
那应该是你这一辈子
重复了无数次的标志性动作

我忍不住低下头来
向你深深鞠躬
那一刻
你的手突然静止在半空
脸上收起了僵硬的笑容
眼泪顺着眼角的皱纹
滴在紧紧攥在左手的信封上
打湿了你我重重的不舍

我一声不吭转过身去
不忍再看
你是我心里生活的战士
挨过无数命运的刺刀
如今是我奔赴远方
带着你没能实现的理想

求学志

自幼求学于外，如一叶扁舟飘摇四海。

一路走来，曾逢遍地荆棘，也遇春暖花开。

寒冬时节，裹被如蚕蛹，身躯蜷缩如猫，以暖。

似眠未眠，瑟瑟不可终夜，夜色未淡，拔身便起。

于雾烟滚滚中跌跌撞撞，常思己之人生如是而已。

又父辈为黄土之师，披星戴月为劳，吾辈自当立鸿鹄皓志，不敢怠慢。

孜其学，悟其理，致其知，掌其道，夙兴夜寐，腹不知饱饥。

位尊享荣者，日不知所终，常溺于骄逸，以身世之所贵汲汲于利。

心生卑意，形神相惭，如雀敛翅于鹏之影，目之所及再无苍穹。

三省其内，立其行，于风中舞，含冰卧雪，以此明志。

变故横来，如雷袭顶，郁郁不得，心志难成。

无贵人相助，常感无力；无高人指点，常觉不能。

游身于暗夜，恍惚如梦，晦周遭之事如泰山崩。

浮云荡，星辰落，蜉蝣死，日月逝。万物皆有其规，人之初诞，亦无永恒。

蝉之薄翼，乘风而起，匿迹于青天，藏身于林翳。

梦之所在，上下求索，不惧风雨所兴。

虽万人往矣，却无一人同行，亦将踏此风尘之途，塑其不凡之命。

篮球与蝴蝶

球场上奔跑的少年
像挥舞着笔墨的艺术家
放纵形骸　恣意潇洒
敢与天空之傲比肩者
唯赤子年华

总有人要老去
也总有人正长大
山水一程
歧途或正道都在脚下
总要热爱，篮球与蝴蝶
总会辜负，钢铁与鲜花

如若心足够炽热
那么梦便可以洁白无暇

南方之夏,是一场婚礼

南方之夏的白昼
蓝色的月亮,时常偷偷跑出来
早早地悬挂在天空之上
等到傍晚时分
又被夜色的网捉了去
那追逐的晚风
总带着梦的微凉

南方之夏的树木
远比北方矫情
好好的夏天,满地都是落叶
不过数日
便又换了轻盈的新衣
仿佛曾经散乱的
只是一段惯常的失去

南方的秋天
不过是另一种春天而已
而南方之夏
是狗尾巴草,白蔷薇的爱情
也是所有经过之人的一场婚礼

被陌生人偷走的秘密

小时候

躺在草垛上看的星星

总会轻易地溜进梦里

为母亲的故事

织出斑斓的布景

醒来时

星星变成了姐姐的眼睛

长大后

站在木桥上吹的风笛

总是激起翻涌的心底

为远嫁的姐姐

缝出不舍的嫁衣

归去时

风笛听懂了母亲的泪滴

慢慢地

故乡不再神秘

野百合误了光景

我习惯了遗忘

那些被陌生人偷走的秘密

病态

他在十字架上钉满
俗世的悲哀
揶揄上帝的眼泪
虚伪,且不够慷慨
散作漫天繁星,受人膜拜
却不曾爱,凡人肉与灵的变态

他谋杀了所有的自己
与一个时代
不忍掩埋,破碎的梦受伤的心
直视命运身上,长满青苔
没有阳光
潮湿的耻辱,永不会溃败

一朵花,本该盛开
一条路,也有等待
但作为人类
永远都是一种,不确定的存在

超越与僭越

人生就像无题的诗歌
往往待到回头之时
才能看到生命的风格

人生就像无限的选择
选择往往很短
决定的事情往往很长

肉体的塑造可以追求
精神的超越却往往不得
如若思想未曾领悟
启程之后便容易半途而废
或是迷途而不知返
索性一错再错

目光穿过与伟人之间的精神藩篱
便可以窥见灵魂的高贵
王侯将相也未有此等特权
能将此种奇珍异宝霸占
只是一眼便可摄人心魄
或令庸碌者羞愧不堪

成长

夏天已经到了

蝉鸣也不再是错觉

站在篮球场上

望着圆圆的球筐

曾经以为人生会如投球

总有一个确定的方向

未曾料想

生命的来往本就充满了动荡

总是会犯错

总是要跌跌撞撞

等到对荒诞离奇习以为常

少年也已换了一张脸庞

天真、坚毅或沮丧

再次说起叛逆

恐怕已经不再是自己

只是格外小心那些幼小的梦想

轻易被时光吞噬和风尘弄脏

因为我知道

即使不被保护

也要慢慢成长

承诺

海洋是对渔民的承诺
灯塔是对归船的承诺
田野是对农民的承诺
麦子是对大地的承诺
黄昏是对幻梦的承诺
银河是对夜空的承诺

我们的承诺
对别人的,对自己的
像一块石头,斑驳
被时光淬炼,被风雨雕磨
多年之后
大多,化为了黄土的沉默
能成为无价之宝的,是极少数

易拉罐的爱情

以前每次喝可乐
你总要拉环做戒指
所以开罐的时候总是小心翼翼
希望能让它呈现完美的弧形

后来你离开以后
我总把拉环做戒指
只是偶尔会被边缘的锋利划伤
那咕噜噜的起泡声
像是在表达歉意

那种年少时对爱情的期许
或许没有小说的华丽或戏剧
却也让潦草的青春独有几分醉意

流逝

田野里又生长出了
几个鼓鼓的坟冢
这里没有立碑的风俗
在世之人的想念
是他们唯一的墓志铭

昨夜新人又成对
银树火花梧桐美
有人去　有人归
春风解人意
十里相思泪

人间笑与悲
在年年又岁岁
种种又穗穗
终将肉体还给土地
灵魂赠予四季
在清晨、迟暮与暗夜里飞

退化的鳍

俯瞰的风景
与地上看到的相异
白色的云团，软绵绵
像所有与你相关的
酥酥的回忆
缥缈地，棉花糖般
包裹了我的身体

魔鬼与天使
在哪里相遇
天堂或地狱
应该都有四季
对你好的人
除了虚情，便是善意
背弃世界，拥抱你
或是你喜欢的勇气

幻象与我之间的距离
不只是海洋在天空的倒影
而是所有想念与亲密

都要避免暧昧的嫌疑

明明难以逃躲
却还要试着刻意
仿佛绅士的陌生感是与生俱来
爱,成了我们之间退化的鳍

荣誉是一块石头

从没有人，可以将朝夕挽留
每当我们走入生命的长河
游向历史的落日
每一道霞光，穿过我们的身体
辉耀了似锦的前程
也照亮了黑暗的身后

随着战鼓声，刺透飞沙的墙
人生的剧场揭开神秘帷幕
刀光剑影中演绎的
不是抽象的文字
而是一阵阵痛，一次次凶
最残酷也最真实

白马已染上夕阳般的血色
玫瑰的花瓣落在冷眼之中
我同坐骑在狂乱中飞舞
长剑在无边的萧瑟里
发出幽幽的鹰的长鸣
仿佛又问我，何时归程

西湖水,在秋日澄净
相思泪,在深夜苏醒
枕你绣的枕,梦你的青衿
雪水温酒一杯立黄昏
醉满怀,酒三分,你七分
长相守,长相恨

你是所有路的目的
所有的明天都指向你
我把信纸吻上你的名字
再把每一个吻读给你听
那弯弯的句读,像你眉头
而我早分不清
我看的究竟是诗书,还是你

不贪长安乐,不惧清风瘦
我远行时,就已知道我要回头
没有一个伟大的英雄
是为赫赫战功而去
荣誉,不过是一块石头
唯有灵魂与爱,永远剔透

弧形的世界

窗外，有只癞蛤蟆
正在秋雨里呱呱地叫
声音软软的，懒懒的
好像一只天线上的燕子
忧郁加深了它的黑色
便再也无心梳理羽毛

我望着玻璃瓶里
那只蝉蜕的壳
他曾和风一起听过
每一曲夏日的歌
包括远走高飞的寄居者
黎明之前，不曾舍得

走过每一棵树的斑驳
领略了时光的躁动与寂寞
从六月抵达九月
一直飞翔，直到日落
我没有来得及问
如何把思念，用声音描摹

我在想

把伞设计成圆形的人

该有多浪漫啊

一半留给你，另一半留给我

我们就躲在弧形的世界

等着神的指点，听着雨的洒落

透明的身体

在无数个清醒的瞬间
记不起现在是何年何日
不知是我们忽略了日子
还是日期早已将我们遗忘
不情愿接受故乡的苍老
远方却不会拒绝成长
一如我在黑暗里坐了一夜
也不能描绘，梦的模样

太阳升起的地方
会不会存在另一个大陆
那里也有生活，也有死亡
像我们一样幸运又不幸
明明热爱天空的自由
却任由蜘蛛爬满铁格子窗
那盘织的是不是孤独
网住的，算不算悲伤

树的阴影摇曳出风尚
人的暗影在人心躲藏

灵魂不是多余的存在
而是对世界不满的延长
与物质的钢枪相比
信仰不过一件单薄的衣裳
如若身体如棱镜般透明
大地，才会铺满彩虹的光

亲密

当更南的南方吹来更暖的海风
就像是收到你邮寄的信封
尽管里面总是空无一物
却总让我想起你头顶的天空

生活在，蓝色的边缘
悲伤偶尔随着潮汐涌动
但不必专注于脚下的贝壳
没有什么存在，是为与你相逢

你愿意放弃虚妄的所有
才可以把握稀少的始终
彩色的云，绚烂了大厦的裙摆
却敌不过你笑起来的那一抹红

灯塔的承诺

海水说着话，礁石在听着
珊瑚，是他们共有的浪漫
你用手束起素白色的裙摆
像一朵被惊吓到的白百合

岸边灯火如夜空的星辰闪烁
那些云，或明或暗越飘越远
我站在高耸的灯塔之下
像凝望银河一般注视你的沉默

你说，灯塔等待着晚归的船舶
白昼累的时候，时间为它铺好被窝
而我希望在每一片黑色的时刻
陪伴你的不是别人，而是我

跨意识的爱

那无数颗星辰闪光的秘密
全部坍缩在沙漠中一顶帐篷里
无数个孤独的人相互慰藉
才交织出密密麻麻的亲密

上帝或神明，总是人形一样的东西
他们会不会跳舞，听不听乐曲
一棵无花果树的短暂花开
有多少被他们隐藏的哭笑悲喜

每一种生物，都是微细胞的变异
来自子宫的人类是谁的宿敌
随着社会的建立，力量的汇集
我们，终于变成了彼此的背脊

无畏，便是无知的标语
于是时常忘了海是蓝色，天是明镜
而珠穆朗玛峰的信仰一旦倒塌
信任就只是空洞的语言，即使华丽

所以,除了关心具象的自己
还应热爱抽象的大地
爱,不局限于狭隘的同类
还有蚂蚁,花卉与风雨

草园

草园里有花开了
那个孩子站在堆垅的土坡上
像是一个拥有万里江山如画的王
嘴里的桑葚汁浸润着薄薄的嘴唇
应是为来见她而涂的拙笨的妆

暴风雨席卷了村庄
无数棵麦子夭折在大地之上
农夫站在歪歪扭扭的小泥路旁
望着一片片安静躺下的希望
脸上却仍只是平淡的沧桑

野花没有伞可以躲
但好在尘埃里的美天生坚强
飞鸟的翅膀掠过彩虹的颜色
浑身的肮脏便染上了金黄
而今晚,要睡在最破败的荒唐

也许会在做梦时
诉说出那些远方的故事
问着谁，是否还会因为命运悲伤

疼痛思想者

我,于你而言
或许是温暖且柔软的
但我却经常
不能与内心混乱的自己共处

潮湿的海南
接纳了很多候鸟的南迁
还有一群又一群
热爱风景或讨厌冬天的人

当四季更替的时候
我却感到自己的生命常常停滞
仿佛被放慢亿分之一
看一场焦卷投射在麦场的老电影

别人赞美我的羽毛
殊不知,那是我最嫌弃的地方
每一片思想的诞生
都是灵魂碎片的疼痛剥离

总有人对此大为不解
一如众人敬仰登陆月球的勇士
将他们的故事视为永恒
而丝毫不会去真正理解那是何等的渺小

而我，只是刚踩上天梯的一级
便像仓鼠第一次看见虎鲸一般
全然忘记了该如何恐惧与思考
等恍过神来，才发觉脚下便是人间

麻木思想者

信仰大海的人是渔民
信仰大地的人是农民
尤其后者，活着便是生命的耕耘
死亡于他们而言，只是四季的圆寂

被礁石划伤的木船
在无风的港口养伤
它的肚子里，曾承载过无数奇珍异宝
彩色的鱼，巨型的贝壳与勇敢的水手

不甘寂寞的游客
注视着破旧的白帆
嘴里吵着，这样的一生该是多么乏味
却不知道，每一道裂痕里都藏着波澜壮阔

天空对自由不闻不问
城市却格外向往热闹
而我是昏黄的灯塔，也是风吹雨打的庄稼
见证着潮水涌动、绿浪翻滚，从不说一句话

惊鸿

海潮，冷风，突然到来的情绪
沉闷，疲乏，来不及避的夜色
人群的喧嚷，如波纹散播开来
扰了我双眼的澄净，惊了一叶灵魂的浮影
飞鸟肮脏的羽毛，承载来遥远的天空
落下了，点点惊鸿

浮出海面

我任由海风再一次
吹湿我的眼睛
羡慕陆地虽然坚硬
但是有大海一般的梦
永远不会干涸
也不会输给天空
连雨雪冰霜都可以包容

当远山与未来相拥
挡住潮湿的平庸
我的名字写在沙滩
躺在大海柔软的怀中
去听潮水汹涌
再冰冷也无动于衷
等所有伤口被一阵风抚平

偶尔会觉得相逢
大多是命运愚弄
我们被我们感动
却又有太多不同

笨拙有多么真诚
就有多致命
分不清错误是插曲
还是不能承受之重

世界最终会遗忘
美或丑陋的姓名
我们也会想明白
恰似潜泳的人生
习惯了窒息才能
自在地独行
回忆在幽暗隧道的响声
就是过往最刺眼的黎明

孤独地浮出海面
望着灯塔的安静
破旧的渔船归程
载着满船繁星
我们也都见过了
珊瑚的眼泪凝结成的彩虹

死亡

死亡，多少人唯恐避之不及
于我，毫无避讳
因为他们害怕活不长
我却恐惧生下来

草芥的生命轻贱
如它有智人一样的意识
也定是惜命的
但石头，顽固、麻木又无情

我知道，春风柔情，冬日温暖
每一棵树都有坚守的使命
可是飞鸽传递了多少情书
依然没有自己永恒的归宿

我呀，站在人群，躲在角落
喝着冰凉的莫吉托
沉默，唯有沉默才能看到自我
唯有自我才能无所枷锁

那些热爱过,没有拥有的人啊
你在哪一方日出或日落
当彩霞满天,麦田熟了
我已经停留在你缠绵的心窝

如果如果变成结果
那么结果会不会确如如果
我像一场雨后潮湿的烟火
冷艳、清高也执着

延年益寿从不是诱惑
只是你的存在值得我贪恋生活
我的生命若从不曾拥有太多
你的拥抱,便足以熨平所有曲折

娶你为妻

我从不用诗歌谄媚别人
只愿与你静静分享
笑那些荒腔走板或虚张声势
就像雪花开在了夏日的春园

我说，我爱你
便是世界上最扯的谎话
因为夸父倒在了逐日的路上
后羿死在了英雄的美名

你说，你不懂
想着是我故弄玄虚
我把你我帽子的绳带系在一起
打成死结，却未用力系紧

落日不够深情
才会将你一并带走
而我想要把你留下
其实，根本不需要什么理由

虽然周身裹满了世俗的泥
但是灵魂却早已娶你为妻
以各种不够光明磊落的方式
以各种莫名其妙的身份

春天在赤道以南

初醒时写诗
如，懵懂时说爱
凡未陈杂，皆可美好

天寒时煮茶
如，而立时悟道
凡是过往，涌而不沸

颂咏漫天的银雪
纷纷扬扬而来
演一场世界的清欢

夜，沉睡正酣
雪压竹枝惊冬蚕
举头思月，忽觉风未眠

赤诚的大地
袒露白色的勇敢
时而沉静，时而狂乱

捧着一本破旧的书
看微光落下来，不紧不慢
像时光的散乱，像故事的潸然

红色的横幅围着大树
任天南地北的寒潮席卷
那光秃秃的枝丫，在执着等待
等待着，那个赤道以南的春天

收藏

收藏一穗春天的麦子
仿佛拥有了整个田野
收藏一枚夏日的青梅
仿佛拥有了所有葱茏

收藏一片秋天的枫叶
或能慰藉成熟的沉重
收藏一片飞鸟的羽毛
或能留住晴朗的长空

收藏你的目光，止于我的眼睛
收藏你的温情，止于我的心灵
甚至幻想，收藏你的余生
直至我再也不能风情万种

可是，我不能收藏一片雪花
纵然我能忍受它在掌心的冰冷
我也不能收藏爱你这件心事
成长就是，染了擅长遗忘的毛病

副作用

诗歌，或许最难以传授与人
既是不能，也是不必
明则无师自通，愚则无可奈何

诗歌，无疑是美学的一种
众人皆爱诗歌之美
却往往不懂诗歌之痛

每一句灿烂的诗歌
都是一场在发霉被子里做的梦
带着心底幽暗的神秘与憧憬

诗歌的无限
丰富着有限的生命
任何微波的热爱
都是世界的浪涌

诗歌，具有副作用
自我欺骗，又多愁善感
而现实总是越过浪漫的屏障

猛烈冲击敏感脆弱的心灵

诗歌最擅长摧毁无动于衷
而麻木却最能掩盖世人的平庸
如果为世俗找一副解药
那当是大海、雪山与天空

像你

站在黄昏里
逆着光,问自己的内心
一个被神灵指点过的灵魂
该是多么幸运,又多么孤寂

想起你,这些年来的只言片语
仿佛明窗上彩色的鱼鳞
闪烁着,时而跃到我的胸口
每当我去捂,又瞬间了无踪迹

那片萧索的树木不善言辞
风吹过去,只是幽幽地鸣
树梢挂满了叽叽喳喳的星星
错把年轮当作自己的轨迹

我伸出一只手掌,端详半响
越看越觉得那是你的纹理
就连曲折的边边角角
都生长出了属于你的命运

夜色再一次覆盖大地
枕头和我却全无睡意
我没来由地想着你的远,你的近
只因看到向日葵,觉得像你

无题

长河奔走东西
岁月横冲直撞
前者被岸堤约束
后者为万物容纳

我以你为羁绊
也因你而荣光
任四季侵损我
天地方知我执着

吐火

你的文字
欢脱却又极尽诱惑
像一片碧蓝的海面
被风卷起朵朵,善良的白浪
拍打着我的身子
每一下都是那么致命
仿佛要我葬身其中,才能逃脱

好苦的琢磨
甚至有点自责,不如你独特
你属于星空,我躺在沟壑
倾翻神秘,又危险的快乐
不过都是你惯用的把戏
一个娴熟杂技者吐出的火
那就骂你骗子吧,总不会错

晚风来助兴
携三两冰凉的酒
刚好灌醉不胜酒力的我
但我偏要,明月可掇

再将世间所有的花一瓣瓣摇落
作一首悲喜参半的清歌
给你近在咫尺的才华，做些衬托

可是你说，纵然荣幸
也不再喜欢背负任何人的期许
哪怕知己，或一句亲爱的
是啊，爱太极端了
不是相融，就是错过
但好想我们继续跳舞，在长野和疾速的列车
不必去管周围的不解或沉默

遗书

我想写一封遗书
纵然我不是
即将奔赴战火前线的战士
也还,未到岁月迟暮

我想写一封遗书
里面写着永别
永别里住着,春风骀荡的荣耀
与黑色的孤独

我想写一封遗书
四分之三做小孩,剩下给严肃
给浪费的,犯错的,冠以美名
毕竟成熟以后,尝了太多灵魂的苦

我想写一封遗书
寄给未曾走到的远方
和再也回不去的故乡
像是一颗种子,从征途走向归途

我还是，想写一封遗书
尽管惆怅的藤蔓遮蔽了遗憾的湖
但在那枝叶间，遗漏的月光
就当是我献给生命的，最后一支舞

我想，写一封遗书
值得让谁放在枕头下
值得让谁爱上我这个，人生叛徒

海盐之行

船在海上飘着
远离了陆地和城市
没有了路标的指引
它如何确认方向

而我所站的地方
不属于任何人群
只是为所有的漂泊与自由
提供一场飘摇之中的暂驻

记不得这是第几次启程
寻找自己,还有陌生
总想要走得更远,忘记来世今生
就像等待黎明时,云层越厚,心越透明

我渐渐懂得,那些疯子的胡话
关于魂魄的东躲西藏,与神灵
拥挤的人间每多一场遗憾
便填一把土,给墓冢

可是啊,我来海盐
不是为了遇见诗人
而是听从了朋友的怂恿
怂恿我不要着急去爱,要去远行

所以,那些白色的盐田,才那么像稠密的星空
当是海的眼泪,挽留我脚步匆匆

战士

南方又冷了一些
寒风毫不客气地
钻进我脖子里取暖
偶尔呼出的热气
像草原临夜前寂寥的炊烟
承载了太多温暖的想象

田野干枯了,整齐地躺在河岸
就像车厢里的人,一排排坐着
稻田的水消逝在时光的漏斗中
大地便显现了最原本的模样
即使照不见天空和明月
也还留有农民的脚印

我接了一杯烫嘴的茶水
叶子翻滚着舒展开
一如那些踩着刀尖的人生
端详起那几本很廉价的诗集
封面老旧,纸质粗劣
像是浑身裹满了泥巴,却酷似钢筋铁甲

我想起，老父亲曾和我说
北树林废弃的煤窑里住着一个疯子
他在战场上丢了一条腿
另一条腿反而成了一种拖累
后来不知何时煤窑塌了，但无人问津
硝烟散去，也只留下军功章一枚

窑前的两棵桃树
听过枪响、呐喊与死亡
如今单薄的几枝白雪
因承载不了阳光的重量而坠落
而老父亲会照旧挖几勺白蜂蜜
路过时，连带把一顶手编的草帽烧给他

界限

天空分成了两半
云一半,蓝一半
如浪花滚滚,船帆卷卷

我或许是那泾渭分明的界限
一边钟情大海,一边属于冬天
素素白雪,落落清寒

晴朗的化身

光明的骑士已经到来
踩着浪花朵朵,白云皑皑
干瘪的枝蔓从大地出发
扯住了天空圣洁的裙摆
幽暗的囚徒全被释放
教化成忽明忽暗的色彩
我站在猛烈的晴朗之下
站成一种透明而又温暖的存在

漂在水面的树种

骑车，离开了闹市
如云在风中，漫无目的地游走
在一个临水的小镇，思考岁月
恍然懂得，寂夜大抵是人类共同的孤独

大地沉睡的此刻
天空仍不甘寂寞
赤焰的骚乱，叩击螃蟹的壳
蛊惑勇敢、忠贞与执着

我摇晃着树，落下种子几颗
只是他们本属于土壤，不属于湖泊
漂在失眠的水面，不能生活
留在坚硬的岸边，难以独特

对崇高亵渎过的小人，是我
拯救过平庸的英雄，也是我
爱憎都能给我以正名，以及揣测
那就让我离开吧，带着晚风、浮云和暮色

愚

没有什么新鲜的经历
也写不出隽永的诗句
人生如果格外地现实
那便不可能领悟真理

鱼吃花籽充饥
我在尘世安息
流水如果喂肥石头
命运便会愚弄自己

生活之于我

2021年12月12日的晨曦微光,与他日相比并不会有任何不同。

但光影里交织的记忆,却是不会重复的生命微澜。

每当我直视覆盖周身的光明,时常有一种疏离世界的错觉。

仿佛这一缕光明专为我而来,并势必要将我带走。

此时,坚强与勇敢都变得柔软无比,所有纠结的情绪也会化解。

任自己在眼前的光晕中沉陷进去,便发觉此刻的想念远比黑夜里的梦真实。

没有似睡未睡的惶惶不安,只剩下一种被温暖紧裹的踏实、安稳与赤诚。

即使,一切都还是尽带虚妄的幻想,可是想象却早已将拥有变得虚假难辨。

于是天真便有了出路,那就是写进一本标明虚构的故事录。

我排斥苦瓜的苦,却迷上了咖啡的苦,就像遗憾之于青春的酸楚。

那些过去的忧伤,灼伤过每一道夜幕,着火的天空向我乞求所有火热的眼泪。

大火过后,星云在我的手臂留下不同的烙印,提醒我关于自我拯救与认可。

而未来的幸与不幸，其实都是我用生命的颜料，已经画过的彩虹的雨和彩色。

还有，庸俗的，失败的，无耻的，疲于奔命的，拿不上台面的……

我见过自己最糟糕的样子，也见过世界最不耻的方面，所以生活之于我，再不能侵损我任何。

无边的沼泽，纵然能将金鱼吞没，但却对一只泥鳅无能为力。

而时光，即使可以滞留少年，也不能搁浅他走向明天的决心。

我知道，自己避不开曲折，甚至会重复错误，可等待是我对自己永恒的耐心。

不必将人生置于他人的审视之下，如此才能懂得生命真正的自由。

完美的圆，一定存在，但完美并不排斥事与愿违和阴差阳错。

当我们愿意笑着，面对被一只螃蟹夹痛的事实，接受就有了全新的意义。

当然，哭泣虽无济于事，却可能让你更加温柔。而逃避虽然可耻，但是有用。

就以你自己的方式，去和自己相爱一场，以绅士、善良与体谅。

过去会被慢放，未来将倍速开启，生活永远都是进行时。

无论过往藏有多少失望,生活依旧值得尊敬,生命依然值得探寻。

现在,北方的冬天很冷,她还在努力地盛放吗?或已睡在夏天最烂漫的时刻。

于我而言,这很重要,可我怎能指望这一方的光明,就此照亮我的一生啊!

鸡毛

我扔掉了破旧的球鞋
还有一个腐烂的苹果
我扔掉了发霉的被子
还有一瓶变质的牛奶

但我将过期的酒精留了下来
以用来擦拭身体层叠的伤口
连同雪水混杂的二锅头
一并洒在遍是荆棘刺的脚上

勤劳的蜘蛛织出一张丑陋的网
在夜色笼罩的海面上捕捉寂寞的鱼
也捉住了我的目光、不言不语
在黎明时刻，又将我无奈地舍弃

我没有去清扫那片混乱的角落
虽然把它当作朋友显得愚蠢无比
薄薄的网是它安稳的疆域
一如轻浮的灵魂是我最后的栖息地

落满尘埃的鸡毛毽子
在灰暗的角落里洋洋得意
始终挺立着骄傲的身躯
像是在巡视列队整齐的书籍

它问我，年轻人，为什么不睡
难道流水线一般的日子都难以胜任
那什么样的生活会给你逃避
不如随风扬起头，带着鄙夷与神气

我重将双脚放回大地
锥心的痛使我不停颤栗
如果一生都走不出原地
至少对幸福保持一种狂热与清醒

即使诗歌已被虫蛀
理想已被庸俗玷污
不要惧怕可耻的孤独
更不要拒绝为爱情犯的错误
原谅不比记恨苦楚
心死远比身亡不可饶恕

花瓶

窗台上有一个花瓶
它承载过很多花儿的美梦
如今两手空空
玻璃的身子,装满了彩虹

没有人会觉得它会变老
青春、死亡也并无不同
只是留存了生命的味道
便可怜,那些花儿,死于美貌

葵星

清晨,一位文艺青年路过
忍不住翻过我的栅栏
在草园的藤椅上素描春风

不禁笑,此人作何深情
灰色的希望,如监狱里的圣经
如此卑微且渺小的拯救的火种

世间完美之物,都不可挽留
唯有止步,暂留其中
自由并没有形状,但时轻时重

他离开时瞥见我的凝望
旋即转过身,致以绅士的鞠礼
继而又敏捷地越过去,脚步匆匆

诗歌确已苍老,樱花仍还年轻
终于,我想要在玻璃瓶里,种满葵星
他们用拥挤的光明,唤来夜莺
从此,窗子不再寂寞,灵魂不必寒清

与春天私奔

樱花开了,我该去找你了
就这样念想着,却无法动身前往
一入夜,便不知如何是好

还有每一个清晨的鸟叫
总在沉静时唤醒我
灵魂寂然无声,只在想你时开窍

哪有人不爱春天呢
除非不能与你同沐花香
否则,所有的敞亮与幻想也就不再躁动了

年轻的我们,当然见不得平庸的字眼
可惜生活的病毒让青春愈加潦草
那些爱的念头都在等待里销声匿迹

我当然知道,少年属于盛放
所以不会担心夏天不会到来
可是耽搁的梦啊,是否还能来得及——实现

清晨的啼鸣

如果,清晨窗外的啼鸣
是生命仅剩的诗意
那我该做何决断
一如那寒冬的冰河,何去何从

人生的意义,定像佛家说的妄语
只是出自庸常的世人之口
肉体便是禁锢杂念的寺庙
育化一切世俗、高尚与清高

我如何厌弃灯红酒绿
就如何厌弃理想主义
黑暗的星光不如明火
灵魂的暗恋不如坦荡

春日的风不能展露我的浪漫
因为清高的绸缎本就挂满了苍耳
我愿同这无尽的苍茫夜色共枕
明天一早,再与那飞鸟一同醒来

秉昆

我行走于人世
不秉过多的精明
自以为是一位愚人
便任乾坤尔尔

对命运的冲撞
总躲闪不及
而一种顺从般的温良
竟也撑得起天纲地义

无须远走或伟大
方寸之间，亦有华丽
平凡的热流承袭骨子的硬
庸碌就不是个人的死敌

如果外面的世界意义
算作一种勇敢的逃离
那么困在原地，永葆爱意
也不失为生活体面的真谛

擎火者，光明的化身

夜再深也不染寒气

即使长长的一辈子啊，草木皆兵

所有动荡的日子里，都该更加热爱生命

野草

人如果没有了情怀
就像野草没有了"轻贱"
连风的耻笑都是奢侈

野草的大笑

世界在教我说谎
也许你不认同
尤其,每当少女忠贞,赤子热诚

长大是一种耻辱
也许你不认同
尤其,荒诞已惯常,自由可放纵

我没法永远热爱俗常
也永远不能接受平庸
但这痴心妄想
还算能丰盈我肉体空空

我鼓舞每一株野草的大笑
即使他们没有勇气招惹春风
卑微者有卑微者的爱憎
繁星亦不乏黑色的噩梦

我放火燃烧天堂
任邪恶蚁噬心灵

没有人可以直达灵魂
清醒只同浅薄一般止痛

也许某天
我的梦会碰碎你的梦
我的孤独也会认出你的孤独
但无所谓吧
我们躺下便是野草，爱着就是萤虫

一只鸟儿的碑文

坚硬的大地承载着
无数柔软的身体
刚毅的骨骼构建起
无数脆弱的灵魂

广袤的草原养育着
无数黑色的流星
无边的天空擎托起
无数自由的飞鱼

但自由终将降落
热爱荣归故里
到那时,即使我的羽翼征服不了水泥
也要让所有自以为是的直线都变弯曲
肉体逝去成风,思想不屑称帝

干涸的人类

铁黑色的钢管锈迹斑斑
青白色的飞鸟伫立其上
衔一朵橘黄的小花
替代重复了无数遍的啼鸣

淡蓝色的衬衫随风而飘
古铜色的身体泛起波澜
豆大般透明的雨水
灌撑了日渐干涸的人类

落生

嘴里嚼着陈年的花生
仿佛听得到榨出油的声音
唇齿之间都是独特的香味
有别于红玫瑰和白百合
带着秋收后故土的深沉与落寞

指尖触着古老的诗歌
怕惊扰了泛黄书稿的气息
那是关于光与热的苍老
无论是诗人还是语句
都有一种被岁月半遮半掩的神秘

蓝色的窗帘随风飘动
阳光在床头一闪一闪
像鲸鱼的尾巴在轻轻摇摆
而我置身于幽暗的深海
可热爱漂泊的浪子
总是坚信没有永远的停留
只有永恒的离开

与镜子里的自己打声招呼
他在发呆,你在等待
用最擅长的方式告别
闭上眼睛,手表停下来
这个世界的荒芜或繁华,都不存在

落地而生
却一生都在寻找
一个可以落脚的地方

春·醒

我躺在鲸背上睡着了
做了一个很独特的梦
珊瑚围绕着我,旋转成风
漂流着,漂流着,直至清醒

走到门外,花种萌芽了
那淡淡的嫩绿令我窃喜不已
原以为它早已被虫子吃得一干二净
没想到竟还有绽放的希望
一行向日葵,一行满天星
不久就该遍地花开了

田园最美的诗

我在房间里用精美的笔写诗
父亲在田野里用沉重的锄头写诗
与他耕耘大地的斑驳相比
我的诗显得轻浮浅薄，不痛不痒

他站在烈日的光辉下
理想中的英雄也黯然失色
那麦子的热浪
仿若他的心磨出的，厚厚的茧

花的艺术家

我爱花
在不该的季节种下了蒲公英
幻想那小小的种子破土而出
在生命渐渐陷入沉思的早秋
给我寂静安心的热爱

花是有灵魂的
也天生属于艺术
枝枝叉叉都是浪漫主义
可惜我不是一个画手
临摹不出花的梦

有些花的唯美
是它的枯萎也足以令人敬畏
所有凋零的娇弱
皆有时光的爱怜之意

(海是种在陆地的花,就像无处不在的她。)

夏虫秋眠

杂叶间
虫儿寒暄
鸣啼微微秋寒
薄雾清蒙
醉相欢

岁月暖
蟾宫澈澈
舞影共婵娟
少时青春
梦无言

夏虫秋眠
像熄灭的思念
来年惊蛰
春风又拂面
愿有良人伴

艺术家

如果你想成为一名艺术家
就请献出一根肋骨做成项链

人一旦丧失了灵魂的独立性
总是接受被社会或时代内卷
他的一生便会轻易毁掉上亿次

而艺术家
除了热忱与信仰
无所依附

正确的答案

当向日葵朝向天空的时候
就尽量不要告诉他不远的黑暗
也许他不会伤心
但影子会悲观

有些问题
无论追问到何时
永远都不会有确切的答案
也并不是所有答案
只要正确就意义非凡

有思想的植物

在黑夜在凌晨在黎明在明日
在孤独时在热闹时在寻找时
竟然对命运感到无比的惶恐
像是沙漠里的仙人掌
根须汲取着生的希望
在阴暗里做匍匐向下的冒险
没有遇到新的水源
却触到了火热的岩浆
那光明刺眼到让人眩晕
还带着远比黑暗可怕的温暖
当思绪焦灼的那一刻
我觉得自己的灵魂在瓦解在枯萎
在沙砾的哀号中静静地哭泣
毁灭得无声无息
消失得无影无形
仿佛所有的勇敢
都是为了最终的崩溃
如若纵身一跃
能否穿越红色的无人区
找到寂寞的潮湿

或是万劫不复
退缩不会是更糟糕的选择
只是放弃会更加干脆
转身是无梦之渊
前进便化为乌有
没有一条路会是轻松的
尤其对于一棵有思想的植物
那些关于活着的严肃
都沉重到难以起舞
但还是要在每一个边缘回头
回头去找
去找下一个穷途末路
尽管总是在痛苦中成熟
在成长中死去
无论得到怎样饥渴的归宿
都不会是完美的落幕
而被折碎的每一步
也都会是自己生命的长度

秋日光里的田野

四季的阳光都有自己独特的气息
夏天的阳光灼热急躁
秋季的阳光却格外干净明澈
像被时光的网过滤过杂质一样
总是让我想起故乡秋收后的田野
躺在干枯的玉米秸秆上打盹
嘴里咬着一根兔子草
脑海里涌起稀奇古怪的想法
偶尔一只蚂蚱蹦到了脸上
天马行空瞬间卡住
屏住呼吸，一动不动
感受它在鼻子上的一举一动
六肢的尖锐与僵硬
触须的柔软与灵活
与皮肤触碰的声响让人酥麻
直到这些可爱的小精灵蹦走
才悄悄眯开眼
它们就要在这秋后的日子里消失了

如今的自己

离开籍籍无名的小城已久
生活在不缺热闹的大都市
坐在床的边缘
盯着地上那一方午后阳光
此刻的我如此靠近孤独的虚无感
像砍了几亩玉米之后疲惫至极
躲开眼前枯黄的这堵墙
看着身后的辽阔无垠
茫然不知所措
好想念父亲那句"喝口水歇歇吧"
写到这里，我不自觉地咽了口口水

自深深处

荆棘丛里没有葡萄
蓟丛里没有无花果
在人群里找不到我
因为你们从不包含我

山楂树在春天开花
麦子在秋天里硬壳
我是诗人非唱不可
像月亮漫游天空生活

莎士比亚的商籁
波德莱尔的呼告
谁愿做基督的上帝
我不甘遵守任何法则

听吧，人群的狂热
喜剧是黑色幽默
痛吧，肉体的寂寞
酒与色的柔软沼泽
贩卖廉价的快乐
涂抹共鸣的深刻

风吹香散，我自潇洒

这片崖边
开满了葵花
太阳般温暖灿烂
飞来一只乌鸦
像是不详的预兆
说着些让人讨厌的话
它注视着我
我注视着它
那黑色占据了双眼
竟忘了周遭一切美景
如果我一跃而下
世界是否就此崩塌
亦或是背后早已向着毁灭演化
望着天际熊熊燃烧的彩霞
风吹香散
我自潇洒

勇气

天空没有停驻的岛屿
但有飞翔的翅膀
风中没有扎根的大地
但有蒲公英的梦想

白日的流星无痕
便无所谓灯塔的目光
骄傲不羁的少年
就是一颗不眠的太阳

无畏阴差阳错的相逢
一路颠沛流离，一路勇敢怒放
岁月虽没有永恒的光华
但会铭记我们不朽的信仰

漫长的旅途

我坐在火车上
不知道铁轨的方向
这旅途漫长
如过去的四年时光

我们飘在大地茫茫
灵魂与风沙碰撞
钢轮顺着命运
慢慢地滚，悠悠地响

我们贪婪黑夜
也追逐太阳
不停地赶路
南北都匆忙

如今，再次散去
四个人，在四方
不同的花开时
当是少年曾许的滚烫

雨中飞驰的火车

群峰低首

长河悠悠作衣带

绿野茫茫

清风万里裹心怀

绿皮火车啊

载着多少旧时代

在雨海里穿行

去寻万里晴空，春暖花开

雨海

雨,下大了
雾,蒙蒙一片
遮掩了远处的山

只隔一条街
海,就在眼前
船只,开得缓慢

在某处
太阳东升西落
花儿如星子灿烂

可惜,晚霞满天
此时,此地,皆不可见
天空的旋涡,大地的雨点

瞭望塔最终会倒塌
远航的人依然扬起风帆
爱情若因孤独,优雅实属艰难

我想带你离开

与永恒一同上浪漫的贼船

即使暗礁同归于尽，也要梦碎得斑斓

吃苹果

今天，罪孽深重
我杀了一个无辜的生命

石头般的牙齿咬碎肉体
汁液被全部榨出
可它的血液与眼泪却是甜的

喂养过人类原始的岁月
却不会以此为荣
不仅奉献形式
还作文明的图腾

或许没有更高级的魂灵
只有凌驾于他者的虚荣
秋叶的斑斓，也是春风

严格来讲
果实不是生命
而过程才是

所以，它不会痛

但我要采集它黑色的种子
来年春天，好圆它入土为安的梦

夏

找了一个房子住
窗外有树
可以看见春、夏、秋、冬

风吹来
一棵树摇晃另一棵树
撑伞如举荷,雨海中漂浮

傍晚时分
叶子同晚霞映在帘布
跳跃着,陨落前华丽且疯狂地舞

我从蝉鸣中寻找夏天
寻找热烈、勇敢与浪漫
寻找遗憾、怅然与孤独

太阳与篝火

往朝阳去，奔良渚回
在白昼与黑夜之间
竟奢想寻觅永恒的事

躲开了白昼的烈阳
却躲不开黑夜的篝火
狂热的诱惑，多是原始的冲动

高架桥割开了地面与天空
月亮远离人间
任人们无谓地追逐与思念

时间流动了人群
凝固了公路
我在黑色的伞下，笑

石头不是真谛
翡翠并非真理
对抗虚空的，唯有爱意

你苍老，无声无息
像多年后的我自己
忍最痛的，或是清醒的悲喜

跛脚怪

我跛着脚拍下的夕阳
在我的瞳孔里摇摇晃晃
玫瑰的红晕染大道
印下我石头般的双脚

无数个瞬间
我会把日出和黄昏弄混
以为昨天就是今天
而开始等于结束

黑夜使我专注
白昼却使我眩晕
唯有晚霞的轻柔
安抚我不安的灵魂

眼前的光明归于运气
未来的黎明属于勇气
在幽暗的房间里
我种满了星辰,关于确信与笃定

倒不用骄傲的姿态

在风中肆意招摇

做一只跛脚怪

踮着跳着，与未来撞个满怀

青春的4号线

离别前的傍晚
我们登上新建的高楼
俯瞰着光华园
还有远方若隐若现的余晖

你问，城市最外圈的轮廓
是不是连绵的群山
老孟说，如果不是疫情
岁月或许别有风味

可是，柳林的风声与蝉鸣
与四年前并无不同
只是太多相逢总是恨晚
离别又太匆匆

麦仁在暴晒下变硬
方能成为种子
我们用天真织出美梦
终要慢慢长成大人

第二天下午的飞机
我不该去送你的
尤其听到地铁驰来
身体随之隆隆作响

你和我拥抱
祝前程似锦
明知我自己最矫情
却不敢用力，默念着无问西东

站在人群拥挤处
看着这趟熟悉的列车
虽不知为何悲伤
眼里竟开满了泪花，便扭头离开

再见啊，老陈
再见了，我们
再见，4号线终点站的青春

日落

一抬头就是日落
极渺小的红色的圆圈
像诞生于我手下的笔尖

在那遥远的洞口之中
吐纳出春华秋实的斑斓
还藏着无数个未知的明天

他慢慢地,慢慢地
在高楼的夹缝里落下
落进世界的另一半
我知道,他还会回来

没有人不是光明的背面
也没有人可以拒绝夜晚

月亮的猎人

树是风的信使
焦灼的叶子在河谷荡着
热气腾腾的
飞鸟的双脚掠过水面

我的脚掌钩在大地
脉络动荡,纠缠成团
昨梦的震颤又降临我身
把我摇晃成一面无字的白旗

走过的路都在回忆中变窄
像与钢铁列车背驰的轨道
岸边的树——匍匐倒下
要准备战斗,思索天黑

当河谷旷然,森林隐秘
月亮的猎人会准时出席
披着云翳,埋伏在谷底
捕捉救赎、圣洁与孤寂

在清明的秋晨

伙同一笔笔晚间的风

倒卖给黎明的温煦

他会变成一匹野狼

叼着黑色的勇气，循路远去

1942

瘦瘪的我
行走在冰锋之上
赤裸地，疲命地
追逐传言的光

冰原，素白的少女
拥揽着白色的善良
雪花钝了，混沌一片
任而软弱地滩积层叠

我坠落在极昼的边缘
虚伪的灿烂纷纷上演
希望常常是一场骗局
而我作为我，却说不出哑语

化石，觊觎我的肉体
但我将永不腐朽
要凝视每一次的雪崩
如何吞噬他人，毁灭自己

我们曾

我们曾千帆竞过
我们曾薄雨轻寒
我们曾叶落兴尽
却已梦舟归晚

我们曾驭夏日秋风
我们曾笑绿浓红残
我们曾举荷若伞
从不问经年

最春天的葬身之所

我的案头
列满了伟大诗人的著作
仿佛供奉着他们的墓碑
每写一诗歌
全当作烧了一张纸
偶有神明降临
犹如黑夜白昼
浪漫，于他们而言
是一种狂妄与反叛
最春天的葬身之所

大陆

我们像决裂的大陆
漂浮是唯一的归宿
海洋不是拥抱
相遇才懂孤独

不失眠的火堆

火堆，失眠了
燎着黑夜的余灰
梦，不安地
随星点上扬沸腾
不远，便寂灭无痕

我端坐在旁
凝望着木柴释放的阳光
游离，热烈，和清香
手握，为数不多的生命
又如何在疾驰中，更名既往

森林谄媚银河
风是大陆的独舞
一只萤虫
也远胜麦子的锋芒
而我，被清醒解构，混沌地忧伤

火星子，落在我的左手
只是不易觉察的瞬息滚烫

竟在我踯躅的想念中
反复共鸣、回响
虽然,爱与自由,早已画地为牢

缺了角的乒乓球

乒乓球
圆或许才是它的完美
只是　缺了角的那个
总是格外惹人喜欢

你起我承　你转我折
猜不到每一次挥拍的轨迹
而那些说不清的不确定
一如我们各自的命运

来来回回的
就是日复一日的日子
年复一年的年华
人来人往的人群

来来回回的
就像蜗牛背上的涡旋
终于把我们绕进了
生命相交的短暂

终究，圆桌空，我们散
陌生的人　像流浪的星
被夜色笼罩着
曾聚在同一片天空

失去的不必再拥有
错过的未必会重逢
只愿每一次离开
都有始有终

惊蛰

灵魂在莽野之上疾呼
雾与山与水与天与地相融
远方变得缥缈与抽象

路过安康
没看到人头攒动
视线里起伏的
是高过头顶的行囊

这片土地生命的底色
是一抹黄土的黄
还是一朵油菜花的黄

叹什么岁月荒唐
远飞的鸟，羽翼有锋芒
势必会悄悄习惯
在东南西北的风里闯荡

在路上

我们穿越人海　走向夕阳
灵魂拥抱幻梦一般的霞光
我们逃离城市　奔向海洋
蓝色像是天空忧郁的想象

我们追逐着风　没有方向
随着海浪满漫无目地游荡
我们热爱自由　热爱远方
也热爱着所有天真的模样

我们说着未来　还有生长
为何总是要在未知里徜徉
我们害怕遗憾　怀过悲伤
可是遗憾又藏身什么地方

在海边惆怅　在海边遗忘
在海边听着　潮落潮又涨
年少轻狂　我在路上
总向往太多太多不同的远方

随陌生彷徨　随陌生流浪
随陌生成长　相逢又散场
带着信仰　我在路上
背对夕阳那就赠我一身霞光

夕阳慢慢落下去
潮汐又慢慢升起来
生命也不过体验一场
在路上　内心总有明丽的希望
所有的错过　且稍稍体谅

一个车轮般的时代

潮湿的海风
吹过了陡峭的山岩
吹过了黯淡的灯塔
吹过了冷静的沙滩
敲打着我的后背

港口失去了白天的热闹
在波浪的安抚下沉睡
那偶尔被风卷起的巨响
仿佛梦中突然的惊吓
带着沉重的压抑的喘息

我嘲笑着飞鸟的胆小
不敢在黑夜的海中激荡
但突然想到自身的渺小
以及面对人海的怯懦
望着沉默的远方,不敢言语

海岸的公路上闪着灯光
稀疏的车辆飞驰而过

车轮滚动般的时代
也倏忽而走,又倏忽而来
长鸣的汽笛声响起
像是一阵冲锋号,像是一连串的感慨

墓志铭

在诗歌里，我最清醒，却也不曾清醒。

这是我的孤岛，偶尔有陌生的船只靠岸，他们终究会离开，而只有我才真正属于这片海。

他们说岛上布满了沼泽，野草疯长欲将灵魂吞没。但他们不知道，那是我的梦，也是我的壳。

或许终有一天，有人放了一把火，企图毁灭掉他们眼中的不幸与痛，送来自以为是的光明。

而我，会凝望着虚空的热烈，随飘渺的风一同化为乌有。到那时，我便拥有了真正的自由。

救赎

　　有时候,激情与热情都是盲目且致命的。

　　只有真正热爱自己的人,才能慢慢懂得他人存在的意义。

　　所以,除了清醒,便毫无他法。

　　做愚蠢的事情之前,如果自己已有所察觉,就尽量学会宽谅与饶恕,并做好接受坏结果的准备。

　　否则,就永远不要做。

　　每一个可以轻易陷进去的诱惑,都必将使你难以完身而退。无一例外。

　　与其被动地修复尊严,不如克己守礼保持体面。

　　除非开始之前,早已无畏任何遗憾甚至难堪。

一如既往

　　我在那段光里走来走去,看影子印在白色衣橱上,又消失在阴影里。

　　太阳就要落下,又是一个不为人知的黑夜。

　　我在黑信纸上写就光明,用寂寞表达热爱,孤独而赤诚。

　　一如既往。